U0107420

长 篇 全 本

天 局

矫健 著

作家出版社

目录

快马矫健胜天半子

文／周梅森

　　《快马》是山东矫健当年的一篇小说，给我的印象极深，二十多年过去了，至今仍难以忘记。故事讲一个绰号"快马"的贫农穷小子，出于对老东家的感恩，自觉自愿地追随老东家干"还乡团"，当土匪，及至最终毁灭的故事。这故事就是今天看都不落俗，当年更是让人耳目一新。能讲出这种好故事的人真不是太多，矫健思想和思维的前卫堪称"快马"，加之矫健长我两岁，恰巧属马，故借"快马"

以命此文。

矫健是才子型作家,少年得志,在我们这代作家中算得上一个佼佼者了。上世纪八十年代初他曾一举擒获一届全国优秀中篇小说奖和一届全国优秀短篇小说奖,给山东作家挣足了面子,也曾一度让我挺嫉恨的:那一届全国中篇小说奖,正是这家伙的《老人仓》压轴垫底,把我的《沉沦的土地》挤到了轴底之下,《沉沦的土地》以一票之差落选。更让我不悦的是,就在当年,我操办了一个笔会,在矫健的家乡烟台举行,我请他参加,他却没来,后来一直赖皮说没收到我的邀请信,我才不信呢,那时他春风得意马蹄疾啊,文学大衙门的笔会一个接一个,哪会把自家门口的一个青年文学刊物的笔会看在眼里呢?据说,他当时在烟台文联当了个小头目,好像是《胶东文学》主编吧?《胶东文学》编辑部唯一的一台破吉普就此捆在了他屁股上。这家伙那时候就号称有"专车"了,恨不得把"专车"开到自家的床上去。

我和矫健人生轨迹的交集不在矫健自鸣得意的时候,而是在他仕途上受了挫折,主编的职务和屁股上的破吉普都莫名消失了之后。

记得是八十年代末期,在上海电影制片厂文学部的招待所，我们相遇了，用矫健后来的话说，那可是历史性相遇啊，两个巨头一对老 K 历史性地走到了一起。在那个历史性的时刻，矫健提着一密码箱钞票，那是在上海的街头交易中刚刚卖出一只股票的所得，也不知是"大飞乐"还是"电真空"，总有个二三十万元吧？我呢，抱着一堆稿子，那是我刚完成的中篇小说《大捷》的稿子，起码得有二三百页，《收获》杂志主编李小林觉得不错，让我来改改。从某种意义上说，我们这交集也算是文学和财富的交集。嗣后，当我成了半个财经专家，在财富论坛或财经专栏做节目时，每每谈到当年，我总会想到矫健，想到那箱钞票。

我得承认，矫健这家伙当年曾在财经和财富方面给我启过蒙。

那天，矫健热情洋溢地赞美我的小说，真诚但却貌似狡诈地告诉我，他认为《沉沦的土地》比他的《老人仓》更有资格得奖。说这话时，矫健一对小眼睛在眼镜片后眨巴着，口吻貌似真诚，可我却看不出多少真诚的意思。这就是矫健的悲剧了，这家伙有点像陈佩斯，穿上八路军的军装也不像八路，倒像打入八路军内部的奸细。我呢？则由衷赞美他的皮箱，和皮箱里内容的丰厚，试图窥探出某种财富的秘密，也能跟他发一笔。

矫健似乎看出了我的心思，请我去洗了一个高级澡，说是边洗边谈。这澡真够高级的，每人澡资三十八元，对当时的我来说，可称得上昂贵了。如果记忆没欺骗我的话，这是我当年洗过的最贵的澡。

在澡堂蒸腾的雾气中，我们两个男人赤裸相见，相谈甚欢，决定了此后二十年的全面战略性合作。先是合作写剧本，当时恰巧吴贻弓导演想搞一部孔子故乡的当代戏，我们俩一起入了伙，帮导演弄出了部《阙里人家》。后来我们一起下了海，他董事长，我总经理，二人结伴，带着一帮至爱亲朋，很是在商海里游了几把，把各类生意从广东一个叫淡水的小地方做到了上海的浦东大道上，有阵子也算有些模样吧。

财呢，多少发了些，主要是矫健发。他是快马嘛，干啥都先人一步，靠收国库券和街头股票买卖及早赚到的第一桶金。嗣后，我们哪里热闹哪里去，一会儿"东征"，一会儿"北伐"，和改革开放早期的各路地头蛇、各类大小骗子、各类或成功或失败的草莽英雄打交道。我们生意高潮时，我的资产从十二万增至四十余万，矫健则绝对超过了千万。我想，他大概是我们作家中头一个经商真正赚了大钱的人。

不过，祸根也在那时埋下了：矫健迷上了地下外汇期货，开始瞒着我炒期货，不断输钱，以至于让我忍无可忍，终至被迫和他分手。分手后，我们仍然是好朋友，三天两头通电话，相互通报情况。

我在南京另立山头后，也时常想念矫健。矫健是这么个人：一段时间不见，让我想他，是真想，可和他一起待上十天八天，又会让我精疲力竭，不得不狼狈逃离。这家伙实在太能闹腾了，说是属马，却有猴性，且又豪放善饮，酒后猴性发作实在让人受不了。矫健还不知道低调，还牛皮哄哄，赚了点钱就动辄要把这个买下来，那个买下来。

好在苍天有眼，最终矫健并没能如其所愿成为李嘉诚，而且命运还让他在海里狠呛了几口水，恰恰就呛在期货上。这全在我的预料之中。矫健，你不吹了吧？一次次让你悬崖勒马，你就不听，这下子好了，掉光了毛的凤凰不如鸡呀！我如此讥讽矫健。

矫健却不服输，也不服气，小眼睛一眯：那我下的还是凤凰蛋呀，周梅森，这你能不承认？

我当然承认：这家伙不但下的是凤凰蛋，而且还金光灿烂呢！

在我看来，矫健就是矫健，是打不倒的。不论在人生、文学，还是在商场上，他虽然屡战屡败，但却屡败屡战。就说炒期货吧，他当年炒境外期货惨败不已，近千万资金一举败尽，二十年间从未赢过，他竟然至今没有放弃，仍用最后的小钱炒着。当我从他太太彭雪行口中得知后，大为吃惊，再次劝他勒马住手，他却对他太太大发其火，怪她过早地暴露了目标。

当天晚上，夜已经很深了，在我家里，矫健喝多了，小眼睛里竟有泪光闪动：兄弟，告诉你，我这辈子有一个梦，就是哪天在期货上赢了，我连夜坐飞机到你家，只和你说一句话——兄弟，我赢了！

我也喝多了，一把搂住矫健：哥哥，其实在我心里你早赢了！

矫健作为我数十年的好友，无论做人行文都有大气象。《快马》潇洒，《天局》更是胜天半子，气吞山河，读到的人无不折服。我对《天局》印象很深，这是矫健最好的小说之一，所以在写《人民的名义》的过程中，我把它作为祁同伟性格形成的重要线索。祁同伟喜欢读《天局》，可惜只读懂了一半，所以注定失败。一部《天局》，教人读懂天地人生。我真心推荐大家认真读一读《天局》。

天局（长篇小说）

1

　　大青山的褶皱间，藏着一个小山村，名叫"西庄"。村里有一个棋痴，名叫"浑沌"。这人奇异而古怪，是大青山的一道风景。他走路跌跌斜斜，横一步竖一步，进退无常，据说他是踩着棋盘格子走，步步藏着绝招。村里的小孩子都喜欢浑沌，跟在后面学他的样子走路，你顶我一下，我撞你一下，嘻嘻哈哈笑作一团。浑沌的小狗不乐意了，汪汪汪朝孩子们凶。小孩并不怕它，捉住小狗前爪让它立起来，也摇摇晃晃地学浑沌走路。这条名叫"宝儿"的小狗哪里是野孩子的对手？只得呜咽着向主人求救。浑沌却充耳不闻，只沉浸在棋的世界里，好像小孩小狗都不存在似的——真是个搞笑的家伙。

不仅小孩子喜欢浑沌,山里的小动物也喜欢他。特别是鸟儿,常常绕着他头顶盘旋,叽叽喳喳仿佛和他笑闹。浑沌还有一个习惯,脑子里想到一步玄妙的棋,就立即停下所有动作,木雕似的一动不动。比方说,他正在吃一块苞米饼子,张开嘴巴刚要咬,忽然灵感来了,整个人就像被雷电击中,擎着饼子僵住,嘴也闭不拢。小鸟们好运气来了,它们就在等这个时机,纷纷飞到苞米饼子上啄食。小狗宝儿非常愤怒,这可是它和主人的午餐啊,吃一顿饱饭多不容易?它朝浑沌腿上直扑直跳,尖着嗓子咆哮,可是鸟儿们不理睬它。啄完饼子还不走,有的小鸟站在浑沌手腕上梳理羽毛,有的小鸟在他宽阔的肩膀上蹦蹦跳跳。更有一对鸟夫妻飞到浑沌脑袋上,扒拉着乱蓬蓬的头发,计划建一个鸟窝哩!遇到人类的异数,小鸟们能不开心吗?

浑沌长得不好看。圆圆的脸庞像一只大馒头,中间突出圆圆的大蒜鼻,两只眼睛细长狭小,仿佛用席篾在馒头上划了两道缝儿。头发直竖而蓬乱,天然一个大鸟窝,难怪鸟儿要打主意呢。衣服破旧且不说,最狼狈的是皮带断了,又没钱买,浑沌只得搓一根麻绳扎在腰间。一副落魄相,那是肯定的。不过,浑沌笑口常开,诚恳的笑意从心底泛起，挂在方阔的大嘴旁。所以有人说，他与弥勒佛倒有几分相像。

浑沌的主要问题，是把全部心智耗在棋上，生活的方方面面就变得弱智了。他永远长不大，永远是一颗童心。那么，生存就成了浑沌的大麻烦，除了下棋，他什么也不会做。浑沌双手特别笨拙，一下农田就洋相百出。锄玉米吧，他看准了野草一锄下去，偏偏把玉米苗除掉了，野草依然迎风摇曳。撒豆种吧，有人教他口诀：豆豆四五六。就是说，每个土窝撒下四粒、五粒或六粒豆种。好，浑沌瞅着土窝念叨，豆豆四五六，手一哆嗦，哗地将一把豆种全丢了出去……

好在浑沌体格强壮，胳膊腿儿隆着疙疙瘩瘩的肌肉，干些力气活应该没问题。可是人们还是不太愿意请他做事，因为谁也吃不消他的棋痴毛病。他帮人家扛石头，一开始挺好，扛着大块青石健步如飞，浑沌做事从不惜力。可是忽然想到一步棋，他立马僵住，扛着大石头原地站着，大半天一动不动。主家怕压坏浑沌，叫了两个人才把石头从他肩膀搬下来。

时间长了，村里人对浑沌有不少负面评价，说他是傻子、神经病、二流子……

村里管事的老爷爷经常训斥浑沌。老爷爷威望很高，训谁谁都服服帖帖。浑沌有时吃不上饭，饿极了，老爷爷就会叫他来家吃饭，一边吃一边训。浑沌自幼父母双亡，在老爷爷照顾下长大成人。浑沌很能吃，地瓜饼子成小筐地吃，大盆菜汤稀里呼噜地喝，所以挨训的时间也很长。训话内容基本上老一套：浑沌啊浑沌，你啥时能成个人？就打算这么窝囊一辈子？小时候多好的孩子啊，就是学棋学坏了！你师父祸害了你，明白不？他自己一生倒霉，一撒手死了，还把病根留给你，作孽呀！

浑沌不愿意老爷爷说师父坏话，可他忍了，嘴巴里毕竟塞满老爷爷的饼子呢。然而有些话实在难忍，比如他又提起翠枝——你这样窝囊下去，哪个女人愿意跟你？要打一辈子光棍吗？当初你若是听翠枝一句话，也不至于落到今天这地步。唉，翠枝好姑娘啊！浑沌便觉得一根针刺到心尖上，血珠珠滴出来……

翠枝是隔壁邻居的孩子，与浑沌同一天出生。两家关系好，双方父母给他们定下娃娃亲。浑沌成了孤儿，家道中落，大人的脸子渐渐冷下来。但翠枝和他一块儿长大，对他一往情深，有一口好吃的就偷偷塞给他。直到浑沌学棋，人一天天变痴，情况才发生逆转。反复劝导无用，翠枝陷入绝望。

海阳镇上一个铁匠求亲，翠枝父母答应了。出嫁前夜，翠枝敲开浑沌的门，含着眼泪问他：给我一句话，你要棋还是要我？

浑沌正坐在炕上下棋，抬起头呆呆地望着翠枝。

能不能把棋扔了？你只要当我面把棋盘棋子扔出窗外，明天我就跟你结婚！翠枝的语气斩钉截铁，目光带着最后的期望。

浑沌嘴唇哆嗦，久久答不上话来。

翠枝手脚麻利地收拾起围棋：你不舍得，我替你扔。浑沌一高蹦下炕，急火火夺回围棋。

翠枝伤心至极：懂了，你心里只有围棋，我还不如一颗棋子！

翠枝呜呜哭着离去。浑沌追她追到院门口，一屁股坐在门槛上。翠枝流泪，他心里在流血啊，流了整整一夜……

浑沌推开面前的饭食道：爷，我吃饱了。他下炕站着，垂着双手，低下脑袋，做出一副专心听训的架势。

老爷爷却没了训话的兴致，挥挥手道：饱了，你就走吧。浑沌走到门口，听见老爷爷最后一句教训——

浑沌，你要是不把围棋扔掉，早晚会把自己的性命扔在棋子上！

浑沌的脚步停了一下，又毅然决然迈出门槛。

正是槐花盛开时节，乡村街道流溢着醉人的幽香。小孩们跟在浑沌身后嬉闹，再后面是一条蹦跳的小狗。浑沌眯缝着细眼，眺望遥远的群山。小鸟在前面带路，时而又转回来，啾啾鸣叫着在他头顶打一个旋儿。大婶大嫂们依着自家的门框，朝浑沌的背影摇头叹息。

浑沌穿过西庄弯曲狭长的街道，径直来到村后茔地。他摘了几枝洁白的槐花，摆在师父坟前。孩子们跑散了，鸟儿也不见了踪迹，只有小狗宝儿趴在浑沌脚边喘息。

坟茔地里一片静悄悄。

2

师父是浑沌的本家堂叔，因犯错误发配回原籍劳动。他终日挑着一对粪桶，挨家挨户淘茅厕，浑身臭气熏天，人们遇见他老远就捂着鼻子。但浑沌心里清楚，师父是一个了不起的人！他早年曾留学日本，走南闯北，一肚子学问。回国后在上海教学，下得一手好围棋，南北高手慕名而来，一时声震棋坛。他与围棋大国手进行十番棋争霸，因棋风凶悍而获得"江湖屠龙手"的称号，横扫天下劲敌！到解放前夕，他已经是全国公认的围棋第一人了。可惜，后来他不知犯了什么错误，昔日的江湖屠龙手只得扛着行李，灰溜溜地回到西庄劳动改造。

闲来无事，寂寞难耐，师父就教一群小孩儿下围棋。可是孩子们嫌他臭，也没耐心下棋，很快跑没影子了。唯独浑沌不一样，走进黑白世界就着迷，喜欢得不得了！他天资聪颖，一点就通，棋力飞速增长。师父笑道：看来下棋也有遗传基因啊，到底是我的侄子。

其实，浑沌热爱围棋有一个秘密：他下棋时，眼睛能看见电影，而且是武打片、战争片，过瘾极了！围棋有生命，是活的，那一颗颗黑子白子皆是生猛的战士，排阵列队，搏斗厮杀，上演着惊心动魄的活剧。

他还看见了自己——谁也不可低估浑沌，人们只见到他的表象，在他身体里面，还隐藏着另一个人！当浑沌坐在棋盘前，与对手博弈时，真身便显现了——浑沌是一位黑武士。他头戴黑头盔，身穿黑铠甲，披一袭黑披风，抢一柄黑板斧。黑武士力大无比，刚猛难敌，眼一瞪雷电奔射，吼一声地动山摇！他骑着黑骏马闯入敌阵，板斧抡圆仿佛刮起一阵黑旋风，敌人如枯叶飘零四散……

师父说，围棋大静大动。看起来棋手静静地坐在棋盘前，纹丝不动；实则棋盘如擂台、如战场，双方斗拳脚，拼内功，杀得天昏地暗！所以，每一个棋手都是武士，每一盘棋局都是酷烈的战斗。真正的棋手都有本相，师父要求他认清对手作为武士的真面貌，否则要吃亏。浑沌记住了师父的话，对弈时眼睛紧盯对方，寻找藏在表象后面的那个人。

那么，师父在浑沌眼里是什么形象呢？他一身青色长衫，古扇轻摇，从容淡定，步履无痕。初时交手，浑沌像一只黑豹猛扑上去，师父身形一晃，脚尖一旋，他便咕噜噜滚出老远。真是奇怪的事情，浑沌学了那么多招数，那么多套路，却连师父的青布衫也沾不着。

浑沌渐渐成长起来。他手中的武器不仅有长柄板斧，八宝锦囊里可以掏出机枪、炸弹、火焰喷射器，甚至还有孙悟空的如意金箍棒。他也不仅仅是黑武士，还学会了七十二变，可以变成小鸟，变成狮子，变成一阵清风。现在，浑沌终于可以与师父对阵了，战场也越来越热闹，精彩的电影使他久久难以忘怀……

棋盘中央出现一座小山包，师父伫立山顶，浑沌抡起板斧冲杀上去。师父以一种诡异的步伐躲过黑旋风，身形飘忽，古扇直点浑沌死穴。几个回合下来，师父忽然放弃小山包。浑沌举目一看，自己左翼一支骑兵陷入重围，已成师父的囊中之物了。浑沌领略其中精髓，师父是一位武林宗师，也是兵法大家，他跟师父学的是武功，更是战争艺术啊！

有时候浑沌棋势占优，眼看要赢一盘棋了，师父又把他拖入官子之战。浑沌仿佛走进无边的沼泽，深一脚浅一脚地前行。一支冷箭射来，黑武士险些落马；一小队轻骑兵突袭，又使他平白损兵折将……师父的游击战神出鬼没，东搜西刮，一寸一寸蚕食徒弟的领地。一片大好形势，不知不觉就丢了。

终于有一次，浑沌把师父逼进角部一片树林里，有了围歼他部队的机会。黑武士抢着可怕的板斧，一斧子砍倒一棵树，步步逼近师父。两块棋对杀，浑沌快一气，胜利在望了！大树被砍伐殆尽，树林边缘是一条无法逾越的大河，师父陷入绝境。忽然，师父使出狮子十八滚的绝技，绕着树桩翻滚盘旋，一团黑影鬼魅似的晃动，越转越快，令浑沌眼花缭乱。黑武士的板斧砍下每每落空，双腿却被黑影紧紧缠住。浑沌变作一条飞龙，从空中朝黑影喷火。师父的古扇如利箭射出，化为一道激光正中浑沌印堂穴。他眼睛一黑落到地下，师父掸掸青衫上的尘土，笑吟吟立在他面前。结果是，师父利用角部特殊性，贴边爬行延长一口气，反而把浑沌的黑棋全歼了……

欢乐的时光翻着水花流逝。夜，是下棋的好时光，师徒点燃小油灯，头顶头对弈到雄鸡报晓。灯油燃尽了，没有钱买，师父就教浑沌下盲棋。利用棋盘的十九道横线十九道纵线，低声报出着子的交叉点，两人在黑暗中照样下棋。任何困难都挡不住他们，围棋啊，让生活芬芳四溢。

围棋也使浑沌变成另一个人。他不再是长着馒头脸、蒜头鼻，两眼如席篾划出一道缝的浑沌，而是黑武士，一个顶天立地的英雄！是啊，他不可能接受老爷爷的劝告，因为他不可能再回到平庸的日子。师父领他走进一个奇幻世界，在这里，他可以按照自己的意愿生活，成为他想成为的样子。天天精彩纷呈，日日气冲霄汉！是师父再造了他的生命，如此恩情，浑沌永远铭记在心！

去年腊月，师父一病不起。人吃不下饭去，瘦得皮包骨头，面色蜡黄蜡黄。赤脚医生来看，估计是食道癌，劝他去县医院治疗。师父微微摇头，固执地不肯答应。终于，他像一盏油灯渐渐地熬枯。浑沌守在炕前，尽心尽力侍候他。师父拉着浑沌的手久久不肯松开，老是重复一句话：我走了，你和谁下棋呢？

师父断断续续讲起一些往事。浑沌你知道吗，大青山可不是一般的地方，它是棋圣之乡。一百五十年前，山里出过一个名叫元泰的围棋高手，他写了一本书，名叫《天局》。棋圣早已仙逝，《天局》也不知所终。徒弟啊，师父本想回西庄慢慢寻找《天局》，现在看来不行了。这是师父一生的梦想，你要替我了结心愿！

我告诉你一个秘密，大青山每隔一百五十年就会出现一位棋圣。现在时候到了，谁能找到《天局》，谁就能成为棋圣！大青山里隐藏着好多高手，你要找到他们，拜他们为师。可是这些高人很难找，他们不愿承认自己会下围棋。他们都在修炼，不喜欢外人打扰。《天局》的秘密就保守在这些高人中间，代代相传。你必须明白，他们很会伪装，装成与围棋不相干的人，你就要认出他们，找到他们。拜师很不容易啊，心一定要诚，你要用诚心感动他们……

油灯火苗摇晃，摇晃，噗地熄灭了。师父手一松，悄然逝去。浑沌沉浸在悲痛中，同时琢磨着师父遗留的秘密。

天色暗淡，夜幕四合。大青山寂静安谧，一弯新月爬上树梢，清辉涂抹着沉睡的草丛。是时候了，浑沌要出发了。他在师父墓碑前重重磕了三个响头，起身走入深邃的峡谷。

3

浑沌第一次发现高人，是在海阳镇上。

这是一个大镇，紧靠海边。渔民出海归来，就把鱼虾卸在镇上卖掉。大青山陡峭峻拔，沿着海岸线逶迤漫延。深山里的居民都到海阳镇赶集，用地瓜玉米、山货野物换取鱼虾油盐。所以，海阳镇十分繁荣热闹。

浑沌打听到一家茶馆，在镇东头一棵老槐树下，经常有人品茶下棋。大青山到底人杰地灵，人烟稠密处便有弈者摆棋。靠树干的那张桌子围了许多人，浑沌探头看，却是执白棋的一方没了人影，执黑棋的白须老翁独自苦思冥想。再看行棋内容，分明是一盘让子棋，白方比黑方高出许多。浑沌奇怪了，那老翁长着一副神仙模样，绝非等闲之辈，谁能够让他子，且杀得他愁容满面呢？

问周边观棋的人，浑沌才知道执白棋的是一位小伙子，非常厉害，让老神仙四颗黑子哩！他还很不用心，赶着一头大公猪到集上配种，下一会儿棋就去照看猪的工作。这不，走了半个小时还不回来，他也实在狂傲轻敌！正议论他呢，有个小孩跑来报告，眼镜的大黑猪逃跑了，一头钻进公路旁的苞米地里，眼镜追猪追得不见了踪影……大家知道这盘棋看不到结局了，摇头叹息离去。

浑沌心脏狂跳，他知道自己找到高人了！那么年轻的小伙子，怎么能下出如此精彩的棋呢？如果说大青山又要诞生棋圣，这个被人叫作"眼镜"的小伙子，可能就是棋圣苗子哩！浑沌生怕失去机会，一路打听公猪的去向，领着小狗宝儿跟踪追击。

钻进一片海洋似的苞米大田，浑沌见到了眼镜。这可不是他心目中高手的形象，细长的身材像根豆芽菜，东一扑西一扑，怎么也逮不着大黑猪。他只好求猪，弓着腰朝公猪作揖：猪哥哥别闹了，跟我回家好不好？八戒，猪兄，我叫你爷行了吧……

浑沌忍不住笑出声来，哪有人跟猪称兄道弟的？还叫爷呢!

眼镜其实挺狡猾，他一边哀求，一边悄悄接近大黑猪。趁猪不备，一个猛扑，双手揪住猪耳朵。那猪哥哥在逗他玩呢，揪耳朵有啥用？公猪力大，身子一晃又跑开了。未来的棋圣被秸秆绊了一跤，摔了个嘴啃泥，明晃晃的眼镜飞出老远！他两眼一抹黑，什么也看不清了，两只手像瞎子一样在田垄间摸摸索索，实在可怜可笑。大公猪在不远处啃玉米秸，还不时歪着脑袋瞅他，小眼睛里含着嘲讽的笑意。

浑沌眼尖，很快在草丛里找到了眼镜。他捡起眼镜，用衣角擦干净，双手捧到失主面前。他提醒自己：不能笑，要诚恳。师父说过，真正的高人善于伪装，千万别看走眼啊……

师父，浑沌叫了一声，徒弟见过师父，请受徒儿一拜！

那瘦高个儿青年似乎没听见他的话，抓过眼镜戴上，一路喊着猪哥哥，忙去赶猪。公猪撒腿就跑，又跟他打起游击战。这回形势不一样了，浑沌绕到前方截住公猪的去路。小狗宝儿也派起了大用场，绕着公猪跑前跑后，激动地狂吠，将它赶出苞米地。青翠的苞米叶子像大刀，拉得他们胳膊腿杆一道道血印子。不过，猪哥哥总算给面子，哼哼唧唧回了岳家滩。

一路闲聊，浑沌摸清了眼镜的情况。眼镜名叫岳天一，在上海长大，十五岁回乡插队务农。当年，对这类孩子有一个特定的称呼：知识青年。岳天一初中没毕业就被父亲送回老家，肚子里真没有多少知识——除了围棋。论下棋他可是一位小天才，少年宫、少体校一路杀来鲜有对手，最高成就是全国少年围棋赛的冠军！他的人生原是确定好的，市体委的教练拍着他肩膀说：长大了到围棋队来吧，真是一棵好苗子。但是，一场后人难以理解的运动改变了一切，上面号召上山下乡，大城市里的中学生全都成了知识青年。说白了，统统当农民。岳天一班上的同学，一半去了北大荒，其他有上安徽的、淮北的、江西的，最远的跑到云南……

爸爸从岳家滩出来，当兵打仗走遍半个中国。现在，他无奈地把儿子交给大哥，叹息道：要当农民就让孩子回老家当吧。

大哥，也就是岳天一的大伯，时任岳家滩的村支书，默默地接受了这位知识青年。

岳天一最苦恼的是找不到对手下棋，他赶着生产队的大黑猪到集上配种，为的就是寻访高手，提高棋艺。这点，他和浑沌倒是一拍即合。两人聊得热乎，很快交上朋友。

岳家滩背靠大青山，面向大海，景色迷人。岳天一独自住在靠海边的一座小房子里，房顶是海带草盖的，古朴有味。海带草房子隔海只有几十步，坐在炕上，透过窗棂，可以看见沙滩上倒扣着的独木船。海浪翻白花，潺潺的水声萦绕耳畔。浑沌痴迷了好一会儿，才跟岳天一进屋。

浑沌急着要下棋。岳天一比较讲究，清扫了炕，放下朱漆斑驳的小炕桌。他的神情有点傲慢，或者说清高，掰着手指头与浑沌定下规矩：第一盘他执白让先，以后每胜一盘就要让浑沌一颗子。他解释道：这是为了维持自己的棋力，不然与低手乱下，水平很快就降低了。当然，反之也一样，浑沌赢了就让他子。说着话，他还不时推推滑下鼻梁的眼镜。

浑沌解下一直背着的包袱，性急地搓手。师父，您说了算，我全听您的。

岳天一却严肃批评道：师父不能乱叫，没下棋你怎么知道棋力高低？再说我不喜欢收徒弟，不喜欢一本正经，你还是叫我兄弟吧。

浑沌从包袱里取出师父遗留给他的棋具：一副檀香木棋盘，两盒上等的云子。岳天一立马两眼放光，我靠，精品啊！他一边抚摸棋盘，一边掂着云子啧啧赞叹。真没想到，在这穷乡僻壤，竟然见到如此上品的棋具！他凝视浑沌：你从哪里得来的棋盘棋子？

浑沌想起师父叮嘱过，不要随意提起师父的身世，就含糊其词地应付道：下棋下棋，下完再说……

浑沌在右上角星位摆下一颗黑子，凝神静气盯着岳天一。他要看清对手的本相，眼镜背后藏着怎样的一位武士呢？

岳天一在左下角三三处摆下一颗白子。这时，浑沌眼前闪过一道白光，他看见这样的镜头：传说中的俊美小将罗成出现了，他戴银盔，穿银甲，双手持着一杆明晃晃的银枪，骑一匹雪白的骏马，跳跃上前——白武士，他俩是天生一对呀！

开局不久，双方就在角部展开激战。岳天一似乎故意试探浑沌，主动挑衅，咄咄逼人。浑沌也不含糊，抡起板斧大砍大杀，黑白武士扭作一团。

正规训练的银色小将武艺高强，妙招手筋连发不断，浑沌暗自感叹技不如人。但是，岳天一对浑沌的表现也颇感意外，这看似野路子的招法，蕴含着强大的战斗力，仿佛蓬勃生长的野草，难以遏制。

棋至中盘，岳天一伸手拦住浑沌：等一等，你在哪里学的围棋？很多招法都是古代棋谱上的，现在很少见啊！

浑沌乜斜着眼睛瞅他：《天局》听说过吗？大青山棋圣元泰留下的神秘棋书……

浑沌把话题引向深入，想探探岳天一是否知道大青山的秘密。可是岳天一被浑沌的一招棋难住了，食指按着嘴唇示意他安静，许久解开了难题，他揉着太阳穴嗔怪道：还叫我师父呢，放烟幕弹吧？想麻痹我哩，差点上了你的当。

这局棋一直下到黄昏，最终白棋胜一子半。浑沌遗憾地盯着棋盘，岳天一却郑重其事地与浑沌握手。他说的话非常诚恳：你是我下乡以来遇到的第一个对手，今后我有伴儿了！恭喜你，也恭喜我。

浑沌红了脸：我输了，你该让我两子了，咱们接着下。

岳天一说：今天到此为止，我们要庆祝一下。人生遇到对手难，遇到知己难，遇到知己加对手，更是难上加难！你知道吗？为了这一天，我已经等了多少日夜？今天我终于遇到了你，能够在棋盘上对话的伙伴！

浑沌一激动，差点流出热泪。他说话也结巴了，反复念叨：咱俩，要成为最好最好的朋友！最好最好，最好最好……

与浑沌不同，岳天一手巧心灵，很会干家务活。他洗净一根萝卜，抡起菜刀咔咔咔，很快切出一盘萝卜片儿。他又从咸盐坛子里取出一小块猪肉，那是防止肉变质放在盐里腌着的，小心翼翼地切了几片。浑沌烧火，岳天一炒菜，小屋里很快弥漫起香喷喷的肉味。浑沌一边拉风箱，一边揉着蒜头鼻子咕哝道：我从过完春节，这可是头一回闻到肉味……

岳天一特地拿出一瓶地瓜干烧酒。浑沌从未喝过酒，在眼镜热情的劝说下，就尝了一口。他呛得咳嗽起来，一边用手扇嘴一边叫：烫！烫！岳天一笑得不行，说他也是下乡才学会了喝酒。

这个来自上海的小伙子很细心，把萝卜里的咸肉片一个劲儿往浑沌碗里夹。浑沌不好意思，他就宽慰道：老爸每月寄钱来，虽然不多，肉还是可以经常吃的。所以呀，你一定要多吃些！浑沌心里热乎乎的，暗想，岳天一这人太好了，他怎么这样好啊？……

天黑了，岳天一点上罩子灯。这可不是浑沌家的小油灯，漂亮的玻璃罩散发出暖暖光晕，屋里顿时亮堂许多。喝了几口酒，浑沌就有了醉意，说话唠唠叨叨。岳天一还是好奇，一个山里人从哪里学到这水平的围棋？浑沌憋不住说起了师父的来历。岳天一对上海围棋界的往事还是知道一些的，听说"江湖屠龙手"这个名字，眼睛在镜片后面瞪得滚圆：这人，可是民国末期的大国手啊！他是你堂叔？难怪啊，山村里能培养出你这么个徒弟！

浑沌不忘主旨，把师父的遗言告诉他。棋圣元泰著过一本《天局》，谁找到这本秘籍就能成为新一代棋圣。一百五十年的时间到了，大青山的新棋圣就要诞生了……

岳天一却不以为然，把这些看作民间传说。

浑沌两眼冒着火光，伸出手指往岳天一额头上一点：你！我终于找到你了！

岳天一吃了一惊：我怎么了？

你，你就是新一代的棋圣！浑沌喝醉了，舌头呜呜噜噜的。

岳天一笑翻了，指着自己鼻尖说：我是棋圣？怎么可能？你不知道，连国家围棋队都解散了，这种地方还会生长出什么棋圣？

笑过一阵，岳天一又悲伤起来。他本来可以进围棋队的，教练都答应他了。可现在教练自己都被下放了，岳天一无处可去，只得回乡插队落户。但是他没有放弃围棋梦，到处寻访高手，磨炼自己，期待有朝一日能进入国家围棋队……

没等撤掉饭桌，浑沌已经和衣躺在炕上。岳天一还在说些什么，浑沌已经鼾声如雷，他不得不闭上嘴巴。

多么美好的夜晚啊，两个少年棋手从此成为莫逆之交。

4

　　岳家滩后山有一条小路，翻过山梁就到达大青山腹地。一般来说，山里人出山走一条较为宽敞的土路，赶牛羊，推独轮车，跑拖拉机，可以直达海阳镇。浑沌选择走小路，要快捷许多，回到西庄家中也就十几里路。不过这样的小路很少有人走，都是一些砍柴的、挖药材的、捡蘑菇的人，来回踏出的小径。小路在树林中交叉纵横，时隐时现，一不小心很容易迷路。但是浑沌喜欢走小路，不仅因为近，更因为可以浏览大青山的风景。

　　攀上岳家滩后山山梁，浑沌回首一望，顿觉心旷神怡。辽阔的大海瑰丽而壮观，太阳照耀着跳跃的波浪，泛出万点金光。崆峒岛呈北斗七星形状排列，白雾缭绕，仙气缥缈。据说，古代站在大青山上，经常可以看到海市蜃楼，崆峒群岛上有琼阁，有车流，有森林，有仙山……当然，浑沌一次也没见过海市蜃楼，他认为自己运气不好，或者是气候变化的缘故吧？总之，关于海市蜃楼的一切，史书方志上记载得明明白白，大青山因此名扬天下！

海市蜃楼带给人无限遐想。在科技落后的古代，农民在山上种地、砍柴，忽然看见海上出现集市，出现楼宇，他们是多么吃惊啊！揉揉眼睛仔细看，所有的东西渐渐幻灭，大海又恢复平静，岛是原来的岛，水是原来的水，仿佛什么也没发生过。农民们会怎么想？当然以为世上有神仙，是神仙向他们展现了自己的国度！所以，自古以来大青山就是神仙们的圣地。许多美丽的传说千古流传，麻姑升天，八仙过海，全真七子在烟霞洞修炼……这些故事后来全搬上了银幕，中国人都知道。

浑沌对这些典故一知半解，他更熟悉当地流传的民间故事。比方说，狐狸精啦，黄大仙啦，小妖小仙的恩恩怨怨啥的，这些传说浑沌自小耳熟能详，更使他感觉亲切。大青山是神秘的，美好的，浑沌对家乡的山山水水充满了自豪。

离开海岸线，就是大青山连绵不断的山峦。它们也和大海的波涛一样，一浪衔接一浪，只是这些波浪凝固在大地上，似乎永远静止不动。大青山跨越三个县的县境，是当地最大的山区，许多人祖祖辈辈生活在这里，形成自己独特的历史与文化。浑沌最喜欢在大青山间行走，一切都是他所熟悉的。山岩石壁如刀砍斧劈，裸露的巨石泛出白光，苍翠的松林镶嵌周边，仿佛一座座巨型盆景。路边点缀着星星点点的野花，草丛间窸窸窣窣，不时有松鼠野兔窜过……

自从交往岳天一这个好朋友，浑沌隔三岔五就要穿越大青山，去岳家滩下棋。心情愉悦，山中花花草草更加美丽，浑沌一路行走真是享受，十几里山路很快就走完了。当然，小路迷岔多多，有时走错了路，拐入一条从未到过的山谷，那也别有一种情趣。浑沌不急，来个意外之旅，他正好仔细观察，似乎品味新奇的美食。

有一次，浑沌错入一条峡谷，邂逅一位牧羊姑娘。那真是仙女一样的姑娘啊！浑沌惊呆了，张开嘴巴一动不动，整个人顿时变作一块石头。那是一片空旷的谷地，青草丰美，一条小溪穿过草地，潺潺流下山去。西边隆起一块方正的土台，土台上有一块巨大的岩石，看上去像远古的祭坛。

浑沌被眼前的一幕情景迷住了：姑娘刚洗完头，跪在溪边梳理头发。长长的乌发垂到腰际，湿漉漉的水迹更使头发柔软乌亮。她偏过脸，一道霞光映着她的脸庞，艳润欲滴。羊群在不远处吃草，一只小羊羔跑到姑娘身边，用脊背蹭着她秀美的长腿。姑娘腾出一只手把小羊羔搂在怀里，慈爱的笑颜令人心醉……

浑沌的心瞬间被闪电击中！他从来没有经验过这种感觉。对翠枝他亲、他喜爱，对牧羊女他是震惊，是崇拜！大青山神话中的仙女就在面前，浑沌怎么有缘遇见这样的女性呢？他定定地凝视着姑娘，能这样凝视是他一生的荣幸！浑沌脑子一片空白，但这幅美丽图画永远刻在他的脑海里。

浑沌站在一丛杜鹃花中，情不自禁弯下腰采了一束红杜鹃。他很想把花送给牧羊姑娘，却没有勇气。小狗宝儿打破了僵局，它奔入谷地，朝着羊群汪汪汪地叫。羊儿悠然嚼着青草，并不把这吵闹的小家伙放在心上。倒是牧羊姑娘略微受惊，扭头回眸，眼神恰与浑沌呆滞的目光接触。姑娘礼貌而从容，对痴呆的年轻人淡淡一笑，眼睛如星星似的闪亮。这笑容使浑沌丧失了所有的勇气，手一松，满把鲜红的杜鹃花散落在草丛中。他羞愧极了，仿佛做了什么坏事被姑娘发现，脸红到脖颈！他埋下头，一转身匆匆离去，连小狗都顾不得召唤……

浑沌开始奔跑，他的心怦怦跳，像是有人在胸膛里使劲擂一面大鼓。他甩着脑袋拼命地跑，小狗宝儿跟不上，急得远远地乱叫。浑沌太紧张太激动了，一口气跑上岳家滩后山，他才面对大海长长地叹了一口气。

见了岳天一，浑沌没有把迷路的插曲告诉好朋友，更没有提起牧羊姑娘。怎么好意思说呢？他自己也不知道这是怎么一回事。他心中隐藏的只是激动与羞涩，这是一种无法形容的感情！

岳天一与他下棋，没走几步就感觉到他的异样，抬起头略带诧异地问：你今天走的棋不对呀，撞见鬼了吗？

浑沌几乎脱口而出：不是鬼，是仙——是仙女！他使劲咬着嘴唇，把这句话咽了回去。

幸好队长来敲门，催岳天一出工，这件事才被掩盖下去。

这一天，浑沌眼前总是晃动着牧羊姑娘美妙的身影。还能见到她吗？哪怕再见一次？不能了。深山里一个姑娘独自放羊，是很不寻常的事情。周边没有村庄，她可能偶然路过这里。所以，要想见她，机会渺茫。想到这里，浑沌忽然伤心起来。他可是很少伤心的人啊！浑沌双手捂脸，使劲搓了两把，匆匆向沙滩走去……

5

岳天一最苦恼的事情就是出工干活。他身体羸弱，长得竹竿似的细高，浑身却一点儿劲也没有。他又不敢不出工，知识青年的表现通常要被报到上一级机构，对未来招工回城有着巨大影响。

岳天一一心期望进围棋队，做专业运动员。可这要有一个前提：必须离开农村，回到城市。也就是说，先就业，把农村户口转为城市户口，才有可能调动工作。这样的机会每年都有，上面会发下指标，选拔表现突出的知识青年就业或上大学。这是唯一出路啊，知识青年们翘首以盼，紧盯着宝贵的指标。他们愿意付出一切代价，以换取回城的资格。岳天一也一样，他小心翼翼地出工干活，不敢留下话柄。

可是，每干一天活，岳天一都累得死去活来。强体力劳动对他来说，简直就是一种酷刑！岳天一永远忘不了，他下乡干的第一桩活是拉耧子。所谓耧子是一种犁具，山坡陡峭，地块零碎，只能用人拉犁。木梁如此沉重，压得眼镜直不起腰来，肩膀火辣辣疼。累得他呀，晕头转向，每到地头转弯总是出错，应该向右他偏偏向左。扶犁的队长就呵斥他：迷糊——又迷糊！

岳天一扔下耧子冲着生产队长发火：旧社会穷人做牛做马，现在是新社会了，你怎么还把我当牛使？

社员们哈哈大笑：知识青年就是会挑理，还真说不了他哩。队长虎着脸说：那好，我当牛，你来扶犁！扶犁可是技术活儿，岳天一哪里干得了？队长却是好牛，扛起大梁健步如飞，岳天一的犁头插不到土里去，蛇一样歪歪扭扭在地表上滑行。没办法，岳天一只好换过来，继续当牛。阳光热辣，汗水流进眼睛，又伴随眼泪哗哗流出来。一分钟一分钟地熬啊，太阳落山时，岳天一整个人都崩溃了……

生产队长对上海来的岳天一颇有看法。回家路上，他非但没有安慰岳天一，反而说了一句刺心的话：知识青年扎根农村，你这一辈子当牛当马当驴子，那是肯定的了！瞧，他还故意加上了驴子。

队长的呵斥、社员的嘲笑终日伴随着岳天一。这日子实在没法过。

浑沌对岳天一说过几次：到西庄去吧，在我家住一段日子，你好休息休息，专心下棋。岳天一却不敢，把头摇得像拨浪鼓似的。但他恳求浑沌留下，与他做伴，陪他下棋。岳天一的经济条件很好，父母都是国家干部，不用指着工分吃饭。多浑沌一个人的伙食，对他来说不成问题。浑沌呢，也恋着朋友，恋着下棋，就答应了岳天一的要求。

从此，岳天一上山去了，浑沌就在海带草屋里等他。

等人的滋味可不好受，浑沌就想做一些事情帮助天一。但是，他笨手笨脚越帮越忙。收拾家吧，扫地扫了半天，垃圾越扫越多。洗碗吧，一不小心又打碎一只碗。把他恨得，直揪自己的头发！没办法，他只能坐在门槛上望着海滩发愣。他绞尽脑汁想啊想啊，有什么办法能帮好朋友一把呢？

这天，岳天一出事了。

对岳天一来说，最可怕的活计是推小车往山上送粪。那小车只有独轮，很难驾驭，稍稍一偏就歪倒地上。岳天一用力不当，车倒筐翻，粪土撒了一地。铁锨铲不干净，他只好用手把剩余的粪土捧回筐里。脏还不算什么，累才真是要命！山路崎岖，坡度陡峭，推着一车粪往上拱，稍一松懈独轮车就倒退下滑。岳天一躬腰撅腚，双腿颤抖，使足吃奶的劲儿一步一步向前挪。腿是支撑身体和车的关键，每一块肌肉紧紧绷住，紧张疲劳到极限。爬上一道坡坎，腿终于出问题了——岳天一惨叫一声，连人带车滚到路边的小沟里。

社员们放下小车围拢来，只见岳天一额头沁出豆大的汗珠，指着自己小腿说不出话来。队长细看吓了一跳，腿肚子竟然转到前面来了！那块紧绷的肌肉像一条死鱼，硬挺挺地贴在胫骨上。这是抽筋，抽筋很痛苦，情况很严重。岳天一疼得满地打滚，乡亲们束手无策。队长急了，眼一瞪喊：都闪开，我来治！

这样的治疗场面十分恐怖。壮实如蛮牛的队长骑在岳天一身上，压住四肢不许他动弹。然后伸出老虎钳似的手指，死死掐住僵硬的腿肚子。庄稼汉的思路很简单，这块肉肉不是转到前面来了吗，我请你回去！岳天一仿佛知道队长怎么想，尖声哭叫：不要啊！不行啊！……这哪里是治疗，简直是杀猪啊！

队长以捅刀子的狠劲，猛力一掰，生生把腿肚子掰到后面去了。岳天一脑子里咔嚓一声巨响，感觉自己的腿断了……

队长站起身，拍拍手上尘土，卷一根旱烟点上。他歪着头打量岳天一，不无得意地说：咱的土法子就是好使，我还治好过牲口呢！

其他社员纷纷抚摸岳天一的腿，朝队长翘起大拇指：神了，咱队长还是个"神医"哩。

队长领社员们推车走了，岳天一独自躺在山坡上。他小心翼翼摸着小腿，腿肚子真的恢复到原位。僵硬的肌肉块渐渐软化，疼痛也减轻了。但是岳天一心中充满绝望，这样的劳动岂止是辛苦？实在太残酷了！

岳天一仰望天空，天空一片灰色；眺望远山，远山也是一片灰色；甚至，蓝色的大海都变成灰蒙蒙的一片。原来五彩缤纷的世界哪里去了？难道他的人生终将沉沦在灰色里？

队长准了岳天一半天假。傍晌时分，他一瘸一拐回到海带草屋。浑沌心疼得不行，一边揉着岳天一的小腿肚，一边反复说：为什么不带上我呢？我在就好了，我不怕出力，我不怕推小车……

岳天一眼睛一亮，翻身坐起，瞅着浑沌说：对了，你给我当保镖怎么样？

当保镖？你跟谁有仇，要干架吗？浑沌不明白。

岳天一细说了自己的想法：浑沌反正没事做，出工时跟着他，遇到拉豁子、推小车这样的重体力活，就帮他顶一下。碰到插秧点种之类的轻快活儿，他就自己干。不是老说三个臭皮匠顶个诸葛亮吗？咱两个围棋手合起来，总能顶一个老农民吧？

浑沌拍拍大腿，连声叫好。

岳天一却又面带难色，说这样做委屈浑沌了，怎能让客人当保镖呢？不合适吧……

浑沌正色道：咱俩是不是好朋友？是不是好兄弟？既然是，你为什么还讲见外的话？我正害愁怎么帮你呢，当保镖，我乐意！他还憨憨地加了一句：再说了，我在你这里白吃白住，干点活还不应该吗？

这下岳天一不高兴了，回他一句：什么话呀，画蛇添足！

第二天，岳天一领浑沌上山，把他介绍给队长。这是我的好朋友，我的哥哥，你可以叫他浑沌。

队长上下打量着浑沌，问：哪儿的家？

浑沌回答：西庄，山里面的。

队长点点头，嗯，我去过那村子。他再没说啥。

干活时，浑沌就跟在岳天一后面。队长安排推小车，岳天一用铁锨，将小车偏筐装满粪，浑沌噔噔噔往山上推，比队长干得都欢。他有的是力气，乡亲们都奇怪岳天一怎么找来这样一头蛮牛！岳天一最害怕的活儿，就这么对付过去了。队长也很满意，浑沌推车一个顶俩。

春天，送完了土粪，就是插地瓜秧的时节。土壤干燥需要水，队长让岳天一下山沟挑水。梯田层层叠叠，田埂狭窄陡滑。眼镜害愁了，挑一担水送上山顶，这可不是容易的事情。浑沌接过了担子，他连扁担都不用，一手提一只水桶，一溜小跑下山去。他从沟底挖了两桶溪水，反身健步登上山顶，大气都不喘。队长对浑沌翘翘大拇指。岳天一连忙说：他是自愿的，自愿的。

队长吆喝一声：抽袋烟喽——就是田间休息的时候。农民们坐在铁锨柄上、扁担上，或者蹲在地头，抽着烟聊天。队长终于发话了，问出大家憋在心里的问题：你们算两个人干活，还是算一个人干活？

浑沌憨笑着竖起食指：一个人，一个人。

队长又问：那么工分怎么算？算你的，还是算他的？

浑沌手指一横，指着岳天一：当然算他的。我是义务劳动。

众人都笑：真是见着活雷锋了。

从此，岳家滩有了一幕奇景——岳天一和浑沌两个人形影不离，一高一矮，一胖一瘦，好像和合二仙。日出，浑沌扛着铁锹或其他农具，大步流星走在前头；岳天一背着手，慢悠悠跟在后头，好像上级派来的干部。日落，岳天一急火火回家做饭，浑沌则在街道上晃荡，跟所有的人搭腔说话。夜里，谁要是去海带草小屋串门，准能看见眼镜和浑沌下棋，两人仿佛牛犍子顶角，脑袋对着脑袋一言不发，直下到深更半夜……

6

浑沌非常喜欢大海，有了时间，他总要与岳天一相伴去沙滩玩耍。岳天一教他看气孔挖蛤，他从沙中挖出一枚枚肥蛤，乐得嘴巴合不拢。他们又在礁石缝隙抓小螃蟹，蟹钳夹破了浑沌的手指肚，浑沌却笑出了泪花。这些海鲜回家一煮，真是美味佳肴哩！

五月天海水尚凉，浑沌穿一条短裤，不管不顾地扑向潮头。他浑实多肉，不怕冷，岳天一笑他黑瞎子睡凉炕——仗着身板壮。他不会游泳，不敢往深处走，只在齐腰深的海水学小狗刨。有时候遇到海沟，一脚踏空，浑沌就慌忙举起两只手，招呼伙伴救命。岳天一一个猛子扎去，将他托到浅滩……

夕阳西下，海面胭脂尽染。海鸥在空中盘旋，不时发出尖利的鸣叫；忽而俯冲下来，雪白的翅膀掠过碧绿的波涛。周围静谧，细浪拍沙，发出温柔的呻吟。这一幕幕美景引得浑沌感慨：生在海边真是幸福，整天看着一部彩色电影哪！

有一次，岳天一把眼镜落在海底。他从不睁眼潜水，所以找不到眼镜。浑沌却敢睁眼，一次次钻入海水在沙中摸眼镜。终于，浑沌举起了眼镜！岳天一声声欢呼——他最怕丢了这命根子。

说起眼镜，岳天一和浑沌可有不少故事。山里人管眼镜叫"镜子"，十分稀奇罕见。浑沌对岳天一的眼镜最感兴趣，但凡有机会，他总要讨镜子戴一戴。岳天一视眼镜如生命，防卫很严。他怕浑沌一不小心把眼镜玻璃打碎了，还怕浑沌在镜片上留下一些油腻腻的手印，累得他擦而又擦。浑沌就央求他：好兄弟，让哥戴一下吧，只戴一下！

岳天一无奈地递过眼镜。浑沌把眼镜往鼻梁上一架，人就前后摇晃起来。他大叫：吧，地一扯扯的！一扯扯呀……那意思是大地在动，仿佛有人扯呢！

他还异想天开，划拉一些干草，拿眼镜对准草堆，使阳光透过镜片，企图燃起熊熊烈火。岳天一夺过眼镜，骂：傻瓜，你以为这是放大镜呀！浑沌就呵呵傻笑：不一样是镜子吗……

他们好归好，有些观念却时常产生矛盾。比如说眼镜吧，浑沌坚持认为城里人点电灯，眼被电烤坏了。他沉思道：电灯烤眼啊，城市人的眼睛都有毛病。天一觉得莫名其妙，尽量用科学原理说明近视眼产生的原因。可他说得口干唇燥，浑沌就是不信。

浑沌这人很爱思考，万事万物都要找到一个原理。他的脑细胞格外活跃，远非一般庄稼人所能比。同时，他又很固执，居然要为岳天一治眼！有一天，浑沌乘天一睡觉，用一把小锁把他的眼镜锁住了。鼻梁上挂一把锁，眼镜肯定戴不住了。

岳天一虎起脸：别胡闹，钥匙在哪儿？快把锁打开！

浑沌说：我有偏方，好歹你试一试。万一治好了眼睛，你还不得感谢我一辈子？

他不由分说把天一拉上后山，坐在一块岩石上，让他眺望大青山峡谷。满眼翠绿欲滴，眼睛果然舒服。浑沌证明自己的观点：你的眼就是被电烤坏了，别戴眼镜，多看绿色，眼珠子就会慢慢好起来……

岳天一感受着大自然的优美。这时，雾还没有散尽，人仿佛坐在云端上。鸟儿欢叫，岳天一辨不清都有哪些鸟，但山坳那边一只布谷鸟叫，他却听得出来，布谷——布谷——一声声清脆婉转，在山间久久回荡。空气被洗过，深深吸一口，五脏六腑也被洗过，那么清新，那么凉爽。峡谷幽幽伸向东方，沟头一座山包后面飞出朝霞，山谷明亮起来。岳天一极目远眺，看不清树叶、草丛。在他眼里，净是一摊摊绿色，朦胧、模糊，仿佛稠稠的绿色汁液在流动。他觉得，心也被染绿了……

忽然，太阳跳出来，山谷里的颜色顿时强烈了！大块大块的绿仿佛获得生命，旋转着，跳跃着，变幻成金绿、黄绿、镶红绿、镶紫绿……一齐扑进岳天一的眼帘！他晕眩了。他惊讶、喜悦地叫出声音：噢——噢——

大青山里回荡着岳天一的声音，那么陌生，那么熟悉。他仿佛对着一面镜子，确确实实地看到了自己的存在。噢——噢——他欢呼着，大自然生动地展示出它瑰丽的生命……

尽管岳天一感谢浑沌，尽管他也承认治眼时巨大的享受，但是眼镜不能没有。他习惯不了模糊的世界，特别在下棋的时候。他向浑沌伸出手来：开锁吧，要不你就甭想下棋！

浑沌无奈，开锁开了很久，仿佛锁锈死了。他皱着眉头喃喃道：完了，你的眼没救了！本来我是可以治好你眼的……

浑沌的知识对岳天一是重要补充。他经常讲山里的趣事，天一听得津津有味。秋天，一个人在山里很容易生存，你只要找到田鼠洞，把它过冬的粮仓挖开，呵呵，尽是花生、豆子，几天的伙食就解决了。獾你知道吧？它的油能治烫伤，很金贵呢！獾躲在洞子里，你要在洞口点上火，用烟熏它。它往外一窜，正好落在猎人套中。

刺猬也是这样，找到洞子用烟熏。这家伙可好玩了，它会咳嗽，像一个小老头那样咳，一边咳一边扭扭着身子往洞外跑。拾柴火的孩子们最爱找刺猬洞，抓住刺猬能玩老半天呢。你要知道，刺猬会学各种人的声音，在山野里很迷惑人。小孩子捡一粒沙豆子，夹在刺猬爪子缝里，使劲一揉，它就大哭起来——呜啊呜啊呜啊，那动静跟月子里的小婴儿一模一样！

岳天一听得入迷，问：最后呢？他们把刺猬怎么样了？

最后结局是残忍的，饥饿的孩子们不会放过饱餐一顿的机会。他们用黄泥把刺猬包起来，放到火堆里烤。烤熟了，敲开焦土，刺猬肉香能够飘出半里地！山里的野物，就数烤刺猬肉最好吃……

山里人缺乏营养，把各种虫子都抓来吃。豆虫、蜂蛹、知了猴、卡虫……炸、炒、烤，怎么做都是好东西，馋死人哩！

山里还藏着钱呢，就是钞票！不信？我讲给你听捉蝎子的故事。

雨后，有些经验丰富的农民就上山了，腰上别一只葫芦，抓住蝎子好放在里面。抓蝎子干啥？那可是一味中药啊，药材公司论个儿收购，很贵呢！浑沌怀着好奇心，悄悄跟在别人后面看。走进一条乱石沟，那人拣阴湿地方，一块一块翻石板。浑沌蹦过几堆山石，上前一瞅，惊得倒抽一口冷气：噢！石板上趴着一只大肚子母蝎，灰褐色，尾巴带毒针，向上勾勾着。

捉蝎子的人不用任何工具，伸出手一捏，正捏在毒针根部！蝎子细足乱蹬，毒针在他指缝里上下翘动，却蜇不到他。捉蝎人嘿嘿一乐，就把蝎子塞进葫芦里。他们不想发财，卖了蝎子买些咸盐火柴，够用就行了。反正蝎子在山沟里也跑不了，什么时候用钱就去抓两个。这就好比存银行，不必把钱装在腰里。

岳天一不理解，捉蝎子经济效益这么好，为什么还去干农活？

浑沌摆出他的理论：人是活物，蝎子也是活物，同是土里生出来的，凭什么你靠抓蝎子过活？庄稼人长着一双手，本该靠刨土种粮食。没法过日子了，抓几只蝎子补贴补贴。过分不行，过分就是贪，违背天理。那样，人还不如蝎子呢！

天一知道他思维固执，不去跟他争，又问：你有没有捉过蝎子呢？

浑沌很不好意思地笑了，当然捉过啦！不过，他先讲自己的手笨：小时候，别的孩子都能捉知了，逮蚂蚱，浑沌却从来没有收获。他看见树干上趴着一只知了，慢慢地走上前，慢慢地伸出巴掌，一捂——哇的一声，知了飞走了！逮蚂蚱就更可笑了，蚂蚱好像故意调戏他，左一扑，右一扑，每回都从他指尖尖蹦走，活气死个人！

可想而知，浑沌捉蝎子会落得什么下场。浑沌摆摆手，不想说了。天一不肯，逼他说下去。他只得叹一口气，继续往下讲——

浑沌来到那条乱石沟，急急地翻动石板。奇怪，蝎子好像知道他的心思，全躲起来了。半天，他才发现一只蝎子。浑沌慌里慌张地伸出手，想抓，又有些害怕。蝎子往石缝里钻，他急眼了，学人家老手的样子，用手一捏——啊呀！浑沌惨叫一声，只觉得拇指一阵剧痛，痛得眼睛发黑。蝎子最毒，一会儿工夫他的指头就肿成一根胡萝卜了！

浑沌疼得乱蹦乱跳，一路奔回村庄。赤脚医生给他抹酒精，抹碘酒，甚至擦红药水，可是痛疼一点儿也没减轻。老爷爷来了，领着浑沌穿街走巷，钻进一条阴暗的夹道。他伸手一指，对浑沌说：看，你的医生在那儿！

浑沌抬头，只见屋檐下挂着一张蚊帐似的蜘蛛网。网中有一只蜘蛛，奇大，静静地伏着，仿佛专门在此恭候着呢。

老爷爷踮起脚尖，将蜘蛛捏在手里；又掰开浑沌可怜的拇指，找着难以觉察的伤口，把黑色的大肚蜘蛛放上，按着它头迫它吮吸。浑沌害怕地闭上眼睛。过了一会儿，疼痛大减，变作一种麻酥酥的痒。待浑沌睁开眼睛，正要夸奖这医生极灵，却发现蜘蛛已经死了。

天一急问：怎么了？

老爷爷说，蜘蛛吸了你的毒，又将它自己的毒吐在你指头里，以毒攻毒。一命换一命嘛，你好了，它就死了。

说到这儿，浑沌神情忧郁起来：为救我，坏了一条性命啊！他抱起两只胳膊，仰脸望着屋梁，陷入沉思。岳天一正打算说什么，浑沌又发表一番宏论——

世界就是一个圆环。他用手指在空中画了一个大大的圆圈，你看：我抓蝎子，蝎子蜇我，蜘蛛救我——一物治一物，一物解一物，正好一个圈。土生草，羊吃草，人杀羊，人肥土——又转了一个圈。天下雨，雨变水，水化气，气成雨——还是转一圈。倒过来也能转：土克水，水克火，火克金，金克木，木克土……转过来转过去，都脱不了一个圆环！

岳天一忽然感觉到，浑沌讲的一切都与围棋有关系。什么关系呢？要他具体分析，他也说不清楚。睡觉之前，岳天一发了一声感慨：浑沌呀，你真的是大自然之子！浑沌听不懂：什么呀？天一趴在他耳边说：你是大青山的亲儿子——

浑沌点头，那是，那是。一翻身，他就打起呼噜来。

46

7

浑沌要回西庄家里一趟，去把铺盖行李搬来。当然，他也要和村里管事的老爷爷打一声招呼。浑沌知道多日不回，老人家会惦记他的。

岳天一与浑沌厮混惯了，很不舍得他走。浑沌也是，真心希望好朋友去他家乡玩玩，在他老房子里做一回客。但岳天一面有难色，说不能去。他听到风声：最近县上来了知识青年招工指标，竞争很激烈。他怕考察时给领导留下坏印象，不敢随便离开生产岗位。

岳天一要送浑沌，浑沌不让，叫他别耽误出工。来到后山脚下，二人只得握手告别。岳天一眼睛湿润了，说：谢谢你浑沌，在人生最困难的时刻，你来帮我，陪伴我……

浑沌摆摆手，赶快走。他最受不了这个，自己眼泪也快落下来了。

山林间雾气缭绕。松针尖尖挑着晶莹的露珠，柞树叶湿漉漉的，仿佛夜里刚下过一场小雨。知了躲在大槐树树梢上，发出盛夏最早的鸣唱。大青山在朝阳的抚摸下，渐渐苏醒，勃勃生气充溢于沟沟壑壑……浑沌心情很好，得到一位好朋友，在岳家滩开始一段新生活，对他的人生来说多么重要啊！

他仰望苍天，感谢师父在天之灵。是师父指引他，找到岳天一这么个伙伴！若不出来寻师访友，他窝在西庄怎么可能遇见知音呢？浑沌在岳家滩的日子里，围棋长进很大。岳天一天赋高，人聪明，少年围棋冠军可不是浪得虚名。他五岁就开始学棋，接受严格的正规训练，许多长处正是浑沌所欠缺的。比方说定式吧，一招棋下来产生诸多变化，有些必然的东西被前人总结提炼，形成固定模式，是需要学棋者熟记的。岳天一把所有定式背得滚瓜烂熟，遇到常见的局面想都不用想，落子如飞。浑沌就不行了，定式不熟的地方只能苦苦计算。他狠下功夫，跟天一背定式、做死活题，提高基本功……

浑沌与岳天一交手无数，激战连连。应该说，岳天一的棋略胜一筹，但浑沌追赶的速度令他吃惊。浑沌身上有一种天然素质，超越一般棋手——他眼睛里看见的是武打镜头，直观、直觉在行棋过程中起了极大的作用。所以，岳天一计算不到的地方，浑沌往往能发现战机。他善于打埋伏，善于吃小亏，待条件成熟突然发动进攻！

浑沌的战斗力非常强悍，像一个野人，像一个巨人，一旦进攻便无休无止、一波接一波，必将对手置于死地！浑沌继承师父的传统，善用一招"镇神头"——听听名号吧，就知道此招搏杀极其凶狠！浑沌有机会就屠杀对方的大龙，决不肯赚一点便宜就妥协。这与岳天一有很大的不同，也是他忌惮浑沌的地方。

你是一个可怕的对手！岳天一不时发出感叹，你身上有一股山野之气，仿佛是大青山的精灵，与众不同啊……他仔细地擦擦眼镜，又戴上，凝视着浑沌说：我想象不出你将来会是怎样的棋手，会下出怎样的棋！

草丛里窸窣作响，有小兽悄然走过。浑沌熟悉它们，可能是一只野兔，或者是火狐狸。在个别情况下，可能有一只獾摇摇摆摆地走过。浑沌生长在大青山，喜爱山里一草一木，所有的动物都是他的小伙伴。他很想下套套一只野兔，送给岳天一做礼物，却又不忍伤害小生灵。浑沌脑子里回忆着与岳天一的对局，眼睛、耳朵关注着大青山种种细微的动静，脚步轻盈地行走在林间小路上……

前面哗啦啦一声响动，五彩斑斓的锦鸡从草丛飞起，掠过一片灌木丛。浑沌举起双手做枪状，瞄准锦鸡，口中叭的一声，好似打响了猎枪。锦鸡飞走了，浑沌双手一摊，咧嘴傻笑。

浑沌一路走一路看，来到几条岔道前，脚步本能地停住了。他心里惦记着牧羊姑娘呢，很想顺路去看一看。仙女和她的羊儿们可安好？她今天有没有在小溪边洗头发？浑沌怀着一颗忐忑的心在丛林间转悠。睡在岳天一的土炕上，他经常半夜醒来，在黑暗中睁大眼睛。他多么思念美丽的牧羊姑娘啊！浑沌可能着魔了，见她一次就永生牵挂、无法忘怀！现在，强烈的渴望控制着他，无论如何要去见姑娘一面……

可是，他找不到那个山谷了。小路七绕八拐，转来转去又使他回到原地。小溪、草坪、高高的土台都哪儿去了？完全不见了踪影！浑沌拍拍脑袋，这一带他虽然不熟悉，但也不至于迷路啊？难道那天他见到的美女和羊群都是幻觉？现在他非常后悔了，当时为什么不把那一束鲜花送给姑娘呢？为什么不大胆上前搭话，问一下她家住在哪个村子呢？

浑沌不甘心，他离开迷惑人的小路，依着地形地貌寻找。这一带山岭纵横，分割出好几块谷地，形状近似，却又不同。浑沌翻山越岭，累出一身大汗，就是找不到仙女和羊！他糊涂了，坐在一片草地上休息，把小狗抱在怀里。宝儿啊宝儿，你真是一只傻狗！我是人，我不认路；你是狗，你还不认路吗？

小狗把头藏在浑沌胳膊底下，很惭愧的样子。浑沌抚摸它耳朵，嘱咐道：好好记着道路，别光惦记玩儿。这地方咱们今后常来常往，怎么可以迷路呢？

宝儿嗓子里呜咽一声，算是答应了主人的话。它跳出浑沌怀抱，四处嗅着，又跷起后腿撒了一泡尿，一本正经开始履行职责。

宝儿是浑沌赶集时在道边上发现的，被遗弃的小狗奄奄一息，后腿还有化脓的伤口。浑沌把宝儿抱回家，治好它的伤，喂饱它的肚子，从此相依为命。狗的性格随主人，西庄人笑话宝儿：这小狗傻乎乎的，活像浑沌。莫非它也是棋痴？宝儿当然不会下棋，但它确实傻，不认路，不会看门，只知道朝生人摇尾巴。但浑沌喜欢它，多善良的小狗啊，多有人缘啊！在外人眼里，主人和狗是一对活宝。

浑沌仔细观察自己身处的山坳。这地方平整四方，像围棋棋盘。平地一侧是刀切般的悬崖，周围黑黝黝大山环绕。四下走走，他发现山上皆黑石，块块巨大如牛。但是，又和牧羊女的山谷有些相像，谷底也有一条小溪，草地尽头也有土台，甚至，周边的黑石头，也跟土台上面那块巨石一模一样！浑沌真的迷糊了，到底是不是他来过的地方呢？明明不是，却又似曾相识，恍恍惚惚如在梦境一般。浑沌心中升起一丝丝恐惧……

浑沌悚然一惊，蓦地记起村里老人说过，大青山里有迷魂谷，生人进入容易迷路，很难转出来！他蹲下身拍拍小狗的脑袋：宝儿啊，这地方可要记住了，它就是迷魂谷呀！不瞪起眼来，咱们就回不了家啦！小狗仿佛皱起眉头，撇开腿努力再撒一泡尿。

好在青天白日，乾坤朗朗，迷魂谷也困不住人。浑沌顺着原路返回，又翻过几道山梁，看见散布在山坡上的西庄。只是，没寻到牧羊姑娘的踪迹，让他心里空空落落，丢了魂儿似的……

8

村里人用惊异的目光投向浑沌。失踪几天，这棋痴回来收拾屋子，打好行李卷，给师父扫墓，一副又要远行的样子。

小孩子们追着他屁股问：浑沌浑沌，你要去哪里？

浑沌温和地笑着，回答：去朋友家住，我有了一个好朋友。

小孩子又问：你去住下就不回来了吗？

浑沌点头：是的，不回来了，可我还会想你们的……

拿西庄与岳家滩做比较，有一点明显的差别——浑沌在天一家里是客，岳家滩人对他尊敬，好奇，又藏着一丝对陌生人的警惕。保持微妙的距离对谁都有好处，浑沌在岳家滩还过得挺自在。西庄就大不一样了，西庄是老家，人们对浑沌就像对自己家的孩子，知根知底。身上有点小毛病，哪个不晓得？没有客气，没有距离，因此，批评和议论浑沌想躲也躲不掉。

这不，浑沌屁股还没有坐稳，村里又有一股闲话悄悄流传开来：什么样的朋友可以住在家里不走？他那么能吃，谁能养得起？又不是女人做媳妇，可以在婆家长住，这么一个棋痴，怎么可能老待在外村呢？……

总之，大家觉得朋友之说不太可信。那么，浑沌究竟要去哪里呢？

浑沌的西邻晃荡大妈最先做出大胆推测：浑沌可能找到了工作，在海阳镇或者什么地方。她儿子当兵复员，在镇政府食堂做饭，算是一个工作人。据他说有可能，因为浑沌会下围棋，不是普通庄稼人。海阳镇有个文化站，招聘说书唱戏的，前几天刚成立了盲人宣传队。连瞎子都收了，多收一个棋手算啥事？村里人相信这说法，只是事情还没最后停当，浑沌谨慎不肯说罢了。

在山村，外出工作可是件荣耀的事情！晃荡大妈被自己的猜想搞得很激动。她是个大胖女人，走起路来下垂的胸脯晃荡晃荡，所以得到"晃荡大妈"的绰号。她心里有话憋不住，不找浑沌核实清楚，便浑身难受。于是，她晃荡晃荡来到浑沌家。

这天早上，浑沌正要去找老爷爷，刚锁上房门，晃荡大妈就迈进了院子。她问浑沌：你要走了？啥时候上班？

浑沌不解：上班？我上什么班？

晃荡大妈一扬胳膊：哟，都是街坊邻居的，还对大妈保密？

东邻翠枝娘也探进头来：浑沌啊，有好事对乡亲们说说，都关心你呢！

晃荡大妈胖，翠枝娘精瘦精瘦，一胖一瘦两个女人把浑沌夹在中间，挤兑得他够呛。

浑沌极力解释，把他和岳天一交往的过程细说一遍，可是她们还是不信。哪有朋友家可以长住的？不吃粮食吗？在那个贫困年代，吃饭是最要紧的事情，农民们不会把友谊看得比粮食更重要。浑沌红着脸，说话都结巴了：真是朋友，我，我，我上哪里找得到工作……

晃荡大妈很不满意：是不是怕大妈去海阳镇赶集，找你讨口水喝？不肯说实话算了，也别对长辈撒谎呀！

翠枝娘就劝解：不至于吧，浑沌是不好意思。这孩子了不起，下棋都能下出名堂，谁也没想到啊！

晃荡大妈转身开起玩笑：早知道浑沌有出息，翠枝就别嫁给铁匠了，找个文化站干部多体面呀……

浑沌恨不得找条地缝钻进去。

村口有一棵老槐树，撒下好大一片阴凉。浑沌是在树荫里找到老爷爷的，一见面就非常不自在。他主动诉说如何遇见岳天一，以及他们交往的过程，仿佛交代一件不光彩的事情。老爷爷不动声色点燃烟锅，喷出一道青烟。浑沌补充解释：晃荡大妈和村里人都说我找到工作了，没有的事情……

老爷爷哼了一声，手擎一根树枝指指地面：别扯远了，我想和你下一盘棋！

浑沌怔住了，老爷爷要跟他下棋？他看见地面上已经画好了几条横竖杠杠，是简易的棋盘，旁边放着一堆小石子，便是棋子了。这种棋山里农民经常下，浑沌认得，土话叫"走成"，是很简单的游戏。他不明白老爷爷是啥意思，只好陪他走成，走了一盘又一盘……

爷啊，行了吧，你想说啥就直说！浑沌直性子，没耐心打哑谜。他扔下小石子，不屑道：走成是小孩子玩意儿，多走没意义。

就等你这句话哩！走成没意义，下围棋就有吗？老爷爷磕磕烟袋锅，打开了话匣子。长大成人了，做任何事情都要讲究个意义。走成和下棋都是玩儿，闲着没事可以，丢了正事可不行！所以浑沌啊，你喜好围棋，一定记住自己要追求什么，有啥意义。

浑沌知道自己又要挨训了，低下头垂着手，等着。不料老爷爷有了新内容，话锋一转，表扬起他来：浑沌啊，你出门下棋，广交朋友，是一件好事！如果能凭借一技之长找到工作，你下围棋就有大意义了！大妈大婶望你好，人家说你有工作了，你先别急，应该往这方面去努力嘛。今天没有，明天可能就有了——你说对不对？

浑沌明白了，老爷爷受到传言的启发，真叫他用围棋做敲门砖，去找一份工作呢！他想到岳天一，不是也整天惦记着招工回城，进围棋队专业下棋吗？浑沌可从来没打算拿围棋当饭碗，他只想过棋瘾。再说了，岳天一是少年围棋冠军，是知识青年，连他都没找到门路，浑沌哪敢做这般美梦？

浑沌没把真实的想法说出来，只是恭顺地说：好的，爷，我一定努力。

老爷爷嘴里喷出一缕青烟：你只管做有意义的事情，

家里有我呢，你不必挂念。他瞅了浑沌一眼，目光有些怀疑——不过，你要是真的住在朋友家里，只恋着下棋，白吃白喝人家的，那可太没有出息了！

浑沌脸一红，心别别跳。

老爷爷又在路边的石头上磕磕烟袋锅，一声叹息：人要吃饭啊！吃饭就要打算，不能只顾眼前痛快。我问你，东坡那两分地你啥时候插地瓜秧？节气都过了，秋后你不吃地瓜了吗？

浑沌暗自一惊，他确实把自己的自留地忘到脑后去了！说来可笑，他在岳家滩帮天一挑地瓜水，倒是干得一包劲儿。老爷爷若是看见了，非用烟袋锅敲他的脑袋不可！

熬过老爷爷的教训，浑沌急忙扛着镢头上东坡。太阳即将落山，西天边红霞曼舞。在一片红光中浑沌看见了奇迹：他的两分地已经打起了地瓜垅，插好了地瓜秧，翠绿的叶片镶着金边，骄傲地挺直了腰！浑沌仿佛看见老爷爷坐在地头抽烟，顿时明白是谁帮助了他！他嗓子哽咽了，半天也说不出话来⋯⋯

夜深人静，月朗星稀，浑沌背着铺盖卷悄悄离开西庄。他爬上山梁，回头看看生养自己的村庄，怀着几分感激，几分内疚。浑沌眼睛一热，险些流下眼泪。他承认自己窝囊，承认自己没出息，但是没办法，他就是要下围棋!

与工作无关，与吃饭无关，浑沌天生一个棋痴，痴劲儿深入骨髓——不下棋，毋宁死!

9

回到岳家滩，浑沌浑身轻松自在。他和全村人混熟了，大人小孩都喜欢这个力大无比、笑口常开的胖子。老娘儿们拿他寻开心，差他做事情，他总是笑眯眯地答应。

谁在井边看见他，老远就招呼：浑沌行行好，帮我把水挑回家吧。浑沌二话不说，扁担上肩，一溜烟走进家门，把水倒在缸里。

有人在挖猪圈，看见浑沌老远招呼：浑沌啊，好人，我的腰快累断了，过来帮帮忙吧。浑沌笑眯眯地脱掉鞋，赤脚跳进猪粪坑，用铁锨将沉重的粪土铲出猪圈……

小孩子搂草回来，抓筢杆子撅着装满草的网包，吃力地沿着小路行走。浑沌看见了，必定跑步上前接过网包。甚至，他还让小孩骑在自己脖颈上，连人带草一起背回家。

有时候，浑沌又上来迷糊病，站在猪圈里一动不动，手里还掂着一锹粪土。岳天一却有办法治浑沌的病，他只在浑沌的耳边轻轻说一句：第八十七手打入！或者说：第一百零一手开劫——浑沌就会浑身一激灵，顿时醒过神来！他惊讶地追问岳天一：你怎么知道我要下这一招？

岳天一神秘一笑：心有灵犀一点通嘛！

夏夜，打麦场是纳凉的好场所。月亮高悬，繁星满天，场院地面平整如水，泛着淡淡的白光。小伙子们精力充沛，总要捉对摔跤，吆喝喧闹，个个争强好胜。浑沌和岳天一有时也来玩耍，有个叫小豹子的农村青年，经常挑衅岳天一。

他们起先嚷嚷：上海人，造个跤吧，造个跤吧！当地方言把摔跤叫作"造跤"。岳天一哪里敢接招？他客气地笑着，连连摇着头。小豹子这时就走上前来，虚晃一拳，摆开架子威胁道：一锤砸碎你的玻璃窗！

满面和气的浑沌陡然愤怒起来，身子横插在小豹子面前：来，要砸玻璃窗，先过我这一关！

一言不合，两人就造起跤来。小豹子敏捷勇猛，浑沌块大如山，初时胜负难分。浑沌出手很慢，但小豹子只要被他抱住喽，就会被他擎到半空中！众人呀的一声，料定小豹子要摔个嘴啃泥了，却没想到浑沌又把他轻轻放下……

虽然没跌倒，没受伤害，小豹子却很没面子。其他年轻人轮流上，个个都被浑沌举起来，又轻轻放下。岳家滩的青年们偷偷咋舌：这个老伙计，劲儿大得赶上黑瞎子，谁也治不了他！

在浑沌的护佑下，岳天一镜片闪亮，胸脯挺挺，雄赳赳地在小豹子等人面前走过。

村后山脚下有一家寡妇，生了三个女儿，分别叫大嫚二嫚三嫚。大青山一带人喜欢叫女孩子"嫚儿"。二嫚三嫚都出嫁了，只剩下大嫚守着老娘过日子。寡妇冯三婶看中了浑沌，小伙子憨厚老实，壮实有劲，招回家做养老女婿倒不错。

冯三婶有心眼儿呀，老找机会请浑沌帮忙——今天推土，明天打炕，后天搬草垛，干不完的活儿。浑沌看她孤儿寡母，自然没得二话，叫干啥就干啥。干完活冯三婶就留浑沌吃饭，没啥好的，地瓜饼子管饱。浑沌衣服破了，就由大嫚缝补，搞得真像一家人似的。大嫚一只眼睛长着玻璃花，人有点傻，所以难找婆家。她见到浑沌十分喜欢，呵呵直乐。浑沌呢，浑然不知，使劲干活，大口吃饭，其他的想法一概没有。

冯三婶见这小伙子与女儿相似，也有点缺心眼儿，不免暗自着急。她就找到岳天一的大伯，说了这个意思。老支书岳培成在村里威信很高，他出头说话事情就靠谱了。岳培成点点头，说了一句：好事。冯寡妇就把心安下了。

岳培成很少来侄儿的海草小屋，他关心岳天一不在表面，恐怕村里人有闲话。同时，他对侄子整天下棋，甚至弄了个人来做伴，很不满意。老支书背后不止一次批评，叫侄子少下棋多干活，可是没得到什么效果。现在冯寡妇招亲，拆了岳天一的伴儿，倒是一件好事情。再说浑沌人也不错，岳家滩需要这样的壮劳力。至于棋痴问题，岳培成没有西庄老爷爷的深刻认识，总以为结婚过日子就好了。

他把岳天一、浑沌叫到炕上坐着，严肃地为冯三婶提亲。天一差点儿笑出声，在他看来结婚是一件遥远的事情，而他的伙伴、棋友居然要做大嫂家的养老女婿！浑沌反应更强烈，跳下炕就往门外跑。老支书一拍炕桌：怎么了？回来！

岳天一把他拽回来，只见他喝醉酒似的，脸涨得血红。

我有了！浑沌说话很坚决，声音响亮，我家老爷爷给我定下的亲事，不能啊，我不能脚踏两只船……

老支书失望地离去。他不晓得，浑沌在他提亲的瞬间，脑袋里轰的一声爆炸了！他看见牧羊姑娘笑盈盈地向他走来，一直就走进心里去了。他不可能再接受别的女人！

岳天一好奇地问他：你真的定亲了？浑沌坚决点头，但没有告诉他牧羊姑娘的事情。

听了老支书的回话，冯寡妇心凉了，再不叫浑沌去干活，更不留他吃饭了。但是浑沌依然老往她家跑，没办法，小狗宝儿恋爱了，他不得不去把小狗抓回来！

宝儿的确是奇葩，它恋上了大嫂的猫！这是一只纯黑的母猫，两只眼睛绿莹莹的，有几分威风，有几分凶狠。宝儿看见大黑就往上贴贴，一副马屁精的样子。照说狗和猫是天敌，猫躲狗，狗咬猫，宝儿却反其道而行之，把母猫奉作女皇。大黑则对宝儿爱理不理，有时宝儿热情过头，女皇喉咙里发出低声咆哮。宝儿往它脊背上爬，大黑毫不客气，挥爪赏它一巴掌！小狗吓一跳，颠颠地跑出老远……

街上大狗不把大黑当一回事。母猫趴在自家门口晒太阳，有野蛮的狗路过朝它大吼，它吓得窜回院子。小狗宝儿勇猛上前，冲着大狗狂吠，演一出英雄救美的好戏。大黑并不怎么感激它，过后仍对宝儿待搭不理。小狗很伤心，可还是跟在母猫后面转悠。大嫚就对浑沌说：这小狗真傻，找错对象还不知道呢……

冯寡妇呵斥女儿：胡扯什么？猫和狗根本不是一路货，搞什么对象啊！

浑沌抱着小狗赶快走，知道冯三婶没好气呢。从此看紧宝儿，再也不进冯家的门。

10

这天早晨，岳天一拉着浑沌上后山。天刚下过雨，空气湿漉漉的，一道彩虹横跨大青山，树叶上的水珠闪出彩色光泽。

岳天一要领着浑沌搞副业。这副业很是蹊跷，岳天一从村里卫生室借了一把镊子，又拿了一个地瓜烧酒瓶子，神秘兮兮直奔后山。浑沌奇怪，就拿这么两件东西，能搞什么副业？答案很快揭晓，他们走进一条布满乱石的山沟，岳天一奋力掀开一块大石板，显露出附在石板上的蝎子！

上海人到底精明，浑沌讲抓蝎子的故事，天一听到心里去了。他专门到海阳镇药材公司打听，确定他们收购蝎子——公蝎子五分钱一只，母蝎子一毛钱一只。岳天一暗喜，就决定搞一把副业。这个知识青年不仅有生意头脑，操作手法还十分先进：他摒弃了手抓蝎子的传统工艺，引进医用工具镊子，因此就避免了浑沌吃过的苦头。

浑沌掀石头，天一夹蝎子，俩人干得热火朝天。灰褐色身子的蝎子，带刺的尾巴勾勾起来，还舞着一对大钳子，十分吓人。可岳天一手很巧，像外科医生一样，用镊子精准地夹住蝎子尾巴，然后塞进酒瓶子。浑沌佩服得一愣一愣的。

草丛中雨珠打湿了他们的裤腿，水分渗入土壤细孔中，散发出浓郁的土腥气。岳天一说，蝎子雨天出来喝水，所以雨后蝎子特别多，是抓捕它们的好时机。他打听了许多老农，真下过一番功夫。两个人穿过一片片松林，绕过一座座山崖，翻开无数块石头，天傍晌时，酒瓶快要满了。他们坐在石硼上休息，岳天一脑瓜飞快地算账，说是一个多月的工分已经挣下了！

他晃晃酒瓶，吆喝一声：走咧，上镇领工资去！浑沌也很高兴，跟着眼镜颠颠地下山。

一路上，岳天一要求浑沌讲故事，他就爱听大青山的神奇传说。岳家滩到海阳镇不算远，约有一个小时的路程。浑沌讲起了黄鼠狼。这东西可灵了，他亲历过一桩怪事——

西邻晃荡大妈家，院子东角有个松柴垛，不知堆放了多少年，早已黑烂。要是有人上去跳几跳，顷刻便会化作朽木。浑沌问大妈：为啥不烧呢？大妈总是神秘地笑笑，不回答。有一天浑沌找晃荡大妈，忽然听见东墙角传来细微的响动。回头一看，呵，只见一只黄鼠狼蹲在草垛上。好家伙！那一身皮毛在阳光下闪着油亮，纯黄，脊背一道黑杠，有猫一般大。浑沌悄悄捡起一块石头，趁那东西眯眼晒太阳，猛掷过去……哪里打得中？黄鼠狼轻轻一跃，消失在屋脊后面。

岳天一扼腕叹息：这张皮子能卖好价钱哩！

晃荡大妈闻声跑来，大声责问：干什么？浑沌说打黄鼠狼，怕它偷鸡！

大妈严肃地道：我告诉你，俺家和黄鼠狼处了二十多年邻居，它没偷过我家的鸡！这草垛里有它的窝，俺才不舍得烧。浑沌望望黑朽的松柴，望望院子里悠闲踱步的母鸡，觉得太不可思议了！

晃荡大妈说，很久以前，黄鼠狼刚刚在松柴垛里安下窝，发生了一场冲突。有一天，她发现一只小鸡死了，脖子上有牙印，分明是黄鼠狼咬死的。她提着小鸡在草垛前骂：你这没良心的东西！俺给你草垛做窝，你怎么咬死俺的小鸡？好意思的！呶，你吃了吧，你吃了吧！晃荡大妈气得把小鸡扔在草垛旁，回屋睡觉去了。第二天早晨，她上院子喂猪，发现小鸡仍躺在草堆旁。与小鸡并排着，还有一具小黄鼠狼的尸体，脖子上也有牙印。晃荡大妈顿时哭起来：啊呀呀，你怎么这样狠心？孩子还小，不懂事打几下就是了，你怎么把它咬死啦！……她把小鸡和小黄鼠狼一起埋在梧桐树下。这棵树，长得特别快，特别粗壮。

岳天一很是震惊：这黄鼠狼不仅通人性，还懂法律呢！

两人边说边走，很快到了海阳镇。蝎子顺利卖出，一酒瓶虫子卖了十好几块钱！要是让岳天一推小车，腿肚子不知得抽几回筋哩。哥俩下馆子吃了一顿饺子，美得像过年似的。如果不是后来发生一场争吵，这一天可以算友谊史上最美好的一天！

事情的起因是这样：吃完水饺喝完汤，岳天一就要赶路回家。浑沌磨磨蹭蹭不愿走，说：好不容易来一趟镇上，去青山茶馆看看吧，大槐树下准有人下棋。

天一不屑：那都是些臭棋篓子！

浑沌说：白胡子老先生应该行，看样子挺有学问的……

天一点头：没错，他是二中退休的老校长，满肚子学问。可是论围棋，他可差远了！我有了你下棋，就不必跟他们浪费时间了！

岳天一连拖带拽，和浑沌离开了海阳镇。浑沌心有不甘，一路上嘀咕：老校长爱下棋，有学问，又是见多识广的老土地，很可能知道《天局》的下落。师父要我寻访高人，说什么也应该拜访老校长啊……

天一就开始不耐烦了：喂，你脑袋瓜子现实一点好吗？回去晚了，大伯又要教训我；一天不出工，别人也会有反映，影响我招工怎么办？

岳天一就这么说说，浑沌还是服气的。可他接下来的话，就触犯浑沌的底线了——你也别拿着棒槌当针（真）了，什么《天局》啦，棋圣啦，那都是民间传说，就跟你讲的黄鼠狼的故事差不多！

浑沌怒火噌地蹿上脑门，他蹦起来，双手攥拳逼近岳天一。你说什么？棋圣、《天局》都是我师父编的传说？他老人家讲的话是假话、空话、谎话？

岳天一没想到浑沌如此恼怒，连连后退，扶着眼镜说：不不，我不是这意思。照我看，你师父让你寻找《天局》，可能有一个目的——逼你走出西庄，寻找对手，提高棋艺！比如遇见我，你的进步不就很大吗？老前辈用心良苦啊！

浑沌不能否定岳天一的假设，但眼睛里饱含失望的神情。

天一进一步和解道：我理解你的心情，师父的话就是你的信仰，《天局》一定藏在大青山某个角落里！不过，你脑子要灵活一点，思路要开阔嘛。《天局》是不是一本书呢？也可能是许多书，还可能是一张图，一份棋谱，你敢说不是？噢，甚至有一张藏宝图，有一间密室，《天局》藏在什么山洞里面，就像武林秘籍一样，你要走进密室才能找到它……

天一的想象力把浑沌搞晕了。他说：那你答应我，陪我寻找《天局》，无论付出多大的代价，一定要找到它！

岳天一与他拉钩：一言为定。

矛盾刚刚消解，岳天一又把问题引向深入——我们下棋究竟是什么目的？目的明确了，又有达到目的的手段、途径，那么能不能找到《天局》，就不是关键问题了。

天一以自己为例子：我的目的就很明确，我现在下乡务农，其实是潜伏练兵。有朝一日调回上海，进入体委围棋队，拿冠军，捧奖杯，像你师父一样成为一代国手，此生足矣! 他停了一下,问浑沌:你呢? 你的目的是什么?

浑沌一时说不上来,他还真没有思考下棋的目的。他愣了一会儿,老老实实回答:我只希望把棋下好……棋下好了,心里舒服。

岳天一讪笑:这就是目的?

浑沌知道真正的答案要复杂得多,可他又说不出来,只能用力点头:是,把棋下好,我就这目的!

岳天一摇摇头:说到底,下围棋也只是手段。人啊,最终的目的是成功!

浑沌追问一句:那,成功是什么?

岳天一低头擦眼镜,半天没回答。也许对他来说,这个问题也不是一两句话能讲清楚的。

岳家滩很快就到了,他们有点虚玄的对话也结束了。虽然拉钩和解,但是这一对围棋少年,却在心底产生一丝裂痕。浑沌隐约感觉到,岳天一和自己不是一路人。

当然这并不妨碍他们的感情,如果不是后来发生了一件事情,浑沌还会和岳天一继续住在一起,继续切磋棋艺。

可惜他们的缘分尽了,分手的时候到了。

11

一天傍晚，老支书岳培成派人找侄儿谈话。岳天一半夜回来，浑沌睡得正熟，他满腹心事坐在门槛上，听着涛声直至天明。

浑沌坐起来揉揉眼睛，吃惊地问：你啥时候回来了？怎么，一宿没睡觉吗？

岳天一坐到炕上，告诉浑沌一个坏消息。县上招了一批知识青年去油田工作，本来有他的名额，却被人告黑状把他告下来。这事对天一的打击巨大，因为知识青年的户口迁到农村，与当地农民一样；他只有通过招工转为城市户口，才有希望实现当专业棋手的理想。那么，告他啥黑状呢？有人投匿名信，说是岳天一不爱劳动，雇了一个长工帮他干活。这太胡扯了！他和浑沌是好朋友，为了下围棋住在一起，跟雇工有啥关系？

浑沌立马找老支书，证明岳天一没花一分钱雇他。岳培成瞅他一眼：我是天一的大伯，你们俩啥情况我还不清楚吗？问题是上级领导有看法，我就没法说了。

浑沌拍胸脯：我去证明，我上县城找领导！

支书大伯正在搓麻绳，长满老茧的巴掌搓得麻皮索索响，叹息一声道：你去有啥用？谁会听你说话？世道人心太复杂了，你和天一毛嫩得很呢，哪里看得懂啊！

接下来，老支书说出浑沌做梦也想不到的实情——岳天一的招工指标被人顶了，匿名信啊、雇工啊啥的只是借口！走后门知道吗？现在时兴这个，没得到指标的知识青年找关系，让某位领导点点头，就把岳天一的工作机会偷走了！总得有借口是吧？好，你的事情就给利用上了……

浑沌急得满脸通红，跟谁吵架似的吼：叫领导派人调查呀，一查不就清楚了吗？

你确实帮天一上山干活了，确实吃住在他小屋里，这些事情不都明摆着吗？就算不说长工，那性质也不清不白的，你能说清楚吗？更何况后门已经走好了，调查也是演戏。你不服不行啊！

浑沌没得话说了，支书大伯却没讲完。他把搓好的麻绳挽成一圈一圈的，两眼盯着浑沌，道出了心里话——你长期住在天一家，确实不是个事儿。人家找借口，你就是给了别人借口！只要你还在岳家滩待着，今后还会有人拿来说事。所以，为天一的前途着想，你还是回自己家更好！除非……他停顿片刻，压低嗓音说：除非你做了大嫂家的女婿，那就谁也说不出话来啦！

浑沌双手捂着脸，慢慢地蹲下了，哽咽着问：那我该……怎么办才好呢？

大伯抱住他的肩膀摇了又摇：你和天一是好兄弟，啥事不好办？你两个好好商议，我会支持你们的决定！

岳天一很难受，他当然不愿意浑沌离去。可是大伯的分析有道理，浑沌也不想再连累天一了。那么，有没有可能接受大嫂，上她家做养老女婿呢？浑沌可以继续留在岳家滩，继续和岳天一下棋。

岳天一直视浑沌的眼睛，严肃地说：爱情不能勉强啊，你说，你是不是真心喜欢她呢？

到了这时候，浑沌不得不把自己的秘密和盘托出。岳天一听了牧羊女的故事，惊讶得半天合不拢嘴巴。天哪，这可太浪漫了，就像你讲的大青山传奇一样！她会不会真的是仙女？没想到啊，浑沌，你这闷葫芦里面还藏着这么一服药啊！愣着干吗？快去找牧羊姑娘和她的羊群呗！

这样，留在岳家滩当女婿的方案就不考虑了。浑沌表面开心地收拾行李，岳天一也掩饰着留恋之情，送好友出门。

浑沌要走了，背着行李卷走上后山的小道。好多乡亲来送他，感念他是好人。小豹子不由分说，抢过他的行李卷，扛在肩头走上山梁。大嫂哭得不成人形，将一袋子苞米饼子送给浑沌。浑沌不要，大嫂边哭边跺脚，说了一句傻话：买卖不成仁义在，你不要我人，还能不要我饼子？

浑沌脸红到脖梗，努力解释：我不是不要你，我是不要饼子……不，我不是不要饼子……嗨，我谢谢你啦！

乡亲们都笑，这倒是一对傻人。

母猫大黑蹲在院墙上，小狗宝儿朝它呜咽，离别时也是凄凄切切的。不过，大黑还是不把小狗放在眼里，探出前爪伸了一个大大的懒腰，轻轻一跃，回自家院子去了。糊涂小狗只能一溜小跑，急急追赶主人浑沌……

登上后山岭杠子，浑沌让岳天一回去。天一却执意要再送浑沌一程，拉着他的手久久不舍得松开。他眼泪汪汪地说：我心里很难受，浑沌，我觉得对不起你！

浑沌瞪大眼睛：你对不起我什么？我在你这里得的好处多了去了！他掰着手指头数算：刚认识你时，咱俩下棋你能让我两颗子，现在呢，你只能让我一个先，我的棋长进多大啊！你是我的老师，虽然你不让我叫，我心里早就认定你这个师父。还有，我在你家吃啊喝啊，你从不计较。瞧，我都长胖了……

岳天一急忙用手捂住他嘴巴：说这些你就不够意思了！你帮我干了多少活啊？算计这些俗气嘛……他使劲握握浑沌的手，真诚地说：我跟你讲过，我爸我妈常给我捎钱捎粮票，咱俩是兄弟，你只要有困难，只管跟我说！这事咱们说定啦！

讲着话，两人又走了一段路。岳天一突发奇想：都走到这儿了，我干脆陪你找找羊吧？

浑沌犹豫一下，还是摇了摇头：不好吧，我跟她不熟，连话都没说过……

天一拍他肩膀：我说去找羊吧，又不是找人，看把你吓的！那好，我就不打搅你们啦。

开着玩笑，冲淡伤感气氛，两个好朋友挥手而别。

也许是心灵感应吧，浑沌跟岳天一说着牧羊姑娘的事儿，回西庄的路上还真遇到了她！可惜，只看到她俏丽的背影，姑娘正赶着羊群走入迷岔小道。天阴云厚，雾气在树林间缭绕，姑娘和羊的身形若隐若现，仿佛在梦境之中。

浑沌腿肚子都哆嗦了，情不自禁地跟在羊群后面。他怕宝儿捣蛋，就把小狗抱在怀里。走了几步，又想，不对啊，下回我再迷路怎么办呢？他放下宝儿，指望它撒尿认路。可那小狗心不在焉，似乎还在怀念母猫大黑，总想走回头路。

浑沌知道这糊涂虫小狗是靠不住的，就抽出行李卷中的小刀，把松树皮刮掉，留下一块记号。这样走几步做一个记号，跟着羊群来到那片美丽的谷地。呵呵，这回对了，草坪、小溪、土台，浑沌心头一阵喜悦，他再也不会迷路了……

浑沌最终没有向他的女神打招呼，实在缺乏勇气啊，心尖尖只是一个劲儿颤抖！他怕张口说不出话来，说啥呢？你好，我想你，终于又见到你了……全是傻话、废话！浑沌为自己找了一条怯懦的理由，来逃避与牧羊姑娘的会面。他对自己说：瞧瞧，我背着一卷铺盖，像个逃荒流浪汉，就这样去拜访一个美女，也太不像话了吧？下一次吧，下一次我换上新衣新鞋，一定要对她张口说话！

浑沌一咬牙，转身走向去西庄的道路。

12

浑沌回到家，放下铺盖就蹲在炕角落里发呆。

家里冷清至极，连一只耗子都没有。师父在世时，他总是在师父家住，自己这个家很少待过。在岳家滩度过一段红火的日子，眼前的情景反差太大，仿佛一下子掉进冰窟窿里，那滋味真不好受。浑沌默默伤感，想念着好友岳天一，想念着神秘的牧羊姑娘……

浑沌总要面对现实生活呀，许多难题又横在面前。肚子咕咕地响了，要吃饭了。暂时倒不怕，浑沌像骆驼一样，饱吃一顿，饿两天肚子都不要紧。但是时间长了怎么办？他想起东坡上自己的二分自留地，幸亏老爷爷安排人帮他种上了地瓜，可是离着收获的秋季，还有好长一段日子呢！吃饭的问题像影子一样，老在后面跟着他。

锅灶总要烧点水吧，炕太凉人受不了。屋后就有一个麦秸垛，抱一抱麦秸点上火，烧一锅热水，炕头马上就热乎了。可是浑沌心灰意冷，他抱着双臂，把脸埋在怀里一动也不想动。

晃荡大妈来了，高音大嗓满屋子震荡。她送来一盆子煮熟的地瓜干，准知道浑沌没有吃晚饭。晃荡大妈虽然爱传闲话，倒是一个热心肠的女人。她没有再问浑沌工作的事情，反而数落他不讲卫生。不把房子打扫干净，那还有过日子的样子吗？她一边说一边扫地抹锅台，转眼间就把屋子收拾干净。

浑沌知道街坊邻居都同情他，这反使他心里更难过。他，一个窝囊废，无论是找工作还是投靠朋友，总归都失败了。现在，浑沌不得不灰溜溜地回家。小山村有个不成文的习俗，男人只要出外闯荡，不管干了些什么，都是光荣的、骄傲的。但是，这男人从外面回到家，不再出走了，无论如何都被视为一种失败！今后，浑沌又要在众人怜悯的目光中生活，这滋味很难受。脊梁骨老是弯着，永远直不起来……

浑沌的确与众不同，他扔下一大堆难题，又要走了！

他明白日常的生活道理，可就怎么也做不到。他知道吃饭重要，他知道人活在这世上都有目的，包括好友岳天一，下围棋也有具体的目的。可浑沌呢？几乎没有任何目的，他被纯粹的爱驱动着，奔向未知的远方！他爱围棋就像爱那个牧羊姑娘一样，没有缘由，没有功利，只是无怨无悔地、刻骨铭心地爱！浑沌不摸棋子，不与形形色色的武士战斗，就茶饭不香，度日如年。这样活着简直是遭罪，还不如一头撞死在南墙！

鸡叫时分，浑沌一骨碌从炕上滚起，夜游似的走出西庄。第二天清晨，他的身影已经出现在海阳镇镇东的老槐树下。

这是赶集的日子，海阳镇上人来人往摩肩接踵。有人用独轮车推粮食，有人用马车、驴车运来各种蔬菜，渔码头方向还有人挑着担子，送来最新鲜的鱼虾。浑沌要找老校长，上次和岳天一卖蝎子没能去拜访他，一直是浑沌的心事。浑沌相信，见到那位白须白眉、飘逸如仙的老者，必定会有意外收获……

镇东头的老槐树下，也是相亲的地方。这里比较僻静，有稀疏的柳树林，还有一条通向大海的河流。穿红戴绿的大姑娘，打扮精神的小伙子，在河边林间徘徊，脸对脸聊天，窃窃私语。浑沌来得早，大树底下的桌椅空着，无人下棋。浑沌坐了一会儿，觉得自己像灯泡似的碍事，就起身走进青山茶馆。

青山茶馆是个老茶馆，据说清朝时候就开馆了。大青山一带的围棋爱好者，从老辈子起就在此地聚集，有历史有文化，老茶馆是海阳镇的名片。馆堂里也静悄悄的，只有一个老人坐在靠窗的方桌旁喝茶。浑沌仔细一看，正是那位与岳天一对局的老校长。

浑沌上前问候，与老校长搭话。老人热情且健谈，让茶馆小老板为浑沌拿了个茶盅，续上茶水就滔滔不绝地谈起来。他先谈家人，说自己有一个非常贤惠的侄孙媳妇，照顾得他很好，所以才得高寿。他孑然一身，无妻无子，就跟侄孙一家生活。家有好媳妇，才是真福分啊！

老人复姓欧阳，原是海阳镇中学校长，退休多年，唯独爱好围棋。他说自己八岁就学会下棋，下了整整八十年，硬是没有长进。说完，捋着白须哈哈大笑……

欧阳校长谈棋经，别有一套观点。快乐，他朗声说，我下棋啥都不图，就图"快乐"两个字。输赢无所谓，潇洒名士风。

浑沌不懂：围棋不争输赢，还有啥意思呢？

老校长竖起食指，跟他讲古人轶事。苏东坡爱下棋，一辈子是个臭棋篓子，他却留下诗篇名句，说自己下围棋，赢了欢喜输了高兴。曾国藩打仗都恋着下围棋，想戒却偏偏戒不了，也是过一辈子的棋瘾。水平呢，不咋的，也是个臭棋篓子！我看，他们才是真正的高手，他们下围棋体现了一种人生态度，不求输赢，但求精神享受！围棋嘛，传说舜是为了教育愚钝的儿子丹朱而发明的，它就是一种教育工具！

白须老翁凑近浑沌的耳朵，神秘地说：我不仅把下棋当作休闲娱乐的方式，还拿它当药哩，一种防止老年痴呆症的药！说完，小孩子一样笑得咯咯的。

欧阳校长对围棋的理解，显然与师父、岳天一大不相同。浑沌听了心中似有触动。他解下包袱拿出珍贵的棋，真诚地说：老校长，我要跟你学，放下胜负心，平平淡淡地下一盘棋。

欧阳校长观赏了紫檀棋盘和黑白云子，啧啧赞叹。不过，他现在不能下棋，那位贤惠的侄孙媳妇一会儿就来送早点。他习惯于一早下茶馆，媳妇将就他把饭也送过来，照料他真是无微不至！

正说着门外走进一位少妇，浑沌打一照面，惊讶而又羞惭，几乎要找个地缝钻进去！欧阳老校长夸了半天的侄孙媳妇，竟然就是翠枝！

翠枝见到浑沌也很震惊，但她不动声色，把食盒放在茶桌上。她端出一盘热气腾腾的饺子，还有苞米粥、酱菜、咸鱼等等。浑沌想打个招呼，却怎么也张不开口，他缓不过劲来啊！翠枝倒是比较淡定，叫浑沌一声哥，说道：你倒会找棋友，找到我爷门下来了。早知道我多带两盘饺子，你们一边吃一边下棋……

浑沌慌忙告辞：我吃过了……我赶集还有事，先走了。

一出门，浑沌就后悔，悔青了肠子！他心说，哎呀，我怎么忘记打听《天局》的事情了呢？老校长见多识广，在这海阳镇下了八十年围棋，棋艺高低且不说，但隐藏在大青山的高手们，哪一个能躲过他的眼睛呢？他访师寻友，正需要欧阳老先生指路啊！

正想着，翠枝挎着食盒出来。她瞅了一眼浑沌，站住脚：你咋还没走呢？

浑沌吞吞吐吐地道：我还有一件事要问老校长，挺重要的……

翠枝显得从容大方，说：跟我回家吧，二爷中午喝酒，我炒几个菜，你们边喝边聊。

浑沌涨红了脸拼命摇手：不不，我不能去你家……你快走，我这就找老校长问事……

翠枝也不勉强，独自离去。她回头看了浑沌一眼，那目光中有怜悯，有幽怨，有牵挂，两眼湿润润地闪着泪光。

浑沌向老校长求教，果然大有收获。大青山横跨三县，在山西边马背县境内有一个林场，住着一批高人。他们都是从北京下放来的，据说犯了什么错误。其中有一位女同志，姓元名洁，以前是国家围棋队的教练，曾经获得全国女子围棋赛冠军。这个人，与大青山渊源非同一般，她的祖上就是棋圣元泰！

浑沌几乎喘不上气来，浑身血液也凝固了——元泰的后人，又是围棋教练、全国冠军，《天局》肯定在她手里！

浑沌声音颤抖着问起《天局》。老校长捻着白须说：是的，元洁那里有《天局》。不过，它不是一本书，而是一套书！

关于棋圣元泰和《天局》的传说，欧阳校长早就知道。因此当他得知元泰的后人回到大青山，特意去红光干校拜访过元洁。他曾亲眼看见过《天局》，当时她手捧书本，正在打谱呢！

浑沌的激动难以言表，踏破铁鞋无觅处，得来全不费工夫。他赶紧辞别老校长，马不停蹄奔入大青山！

13

到卧龙林场要穿越整个大青山脉，足有一天的路程。浑沌走得急，中午时分就翻过了大青山的主峰太白顶。卧龙林场是多年以前建成的，现在改名为红光五七干校。过了太白顶，下山的土路名叫十八盘，弯曲蜿蜒，仿佛一条玉带。浑沌一边走一边看，分水岭这面的一条小溪渐渐变宽，流出大青山，成了一条波涛翻滚的大河。这一带树林十分茂密，多是马尾松，又夹杂着柞木林，人工养护的痕迹很明显。路边绿叶青青，百花鲜艳，一派夏天的繁荣景象。

浑沌一路心潮澎湃，他的坚持终于有了回报！他从不怀疑师父的话，大青山中有《天局》、有高人，世世代代养育了真正的棋士！师父要他寻找《天局》，要他拜高人为师，其实是一番苦心，给他留下前进的路线图啊！他在黑白世界里渐行渐远，直至无垠的崇高境界……

卧龙林场在河边一个山坳里。现在既然是红光干校，就筑起高高的青石围墙，在连绵山岭的陪衬下，显得突兀而严峻。

干校大门口设有门岗，两个青年人警惕地盘问浑沌，仿佛每个人都是阶级敌人。浑沌见这情势，编了个小谎，说自己是元洁的侄子，从大青山老家赶来探望姑姑。因为都是本地人，门岗听口音没有差错，就认可了浑沌的故事。其中一个小伙子领着浑沌走进干校。

大院里，一排排土屋突显在浑沌眼前，都用茅草盖的屋顶，一看就是临时性建筑。不过，大院东头在盖楼房，一群本地民工搬运着砖瓦石头，看来干校正在加紧建设。

门岗把浑沌带到一间会议室模样的屋子，让他坐在长条桌旁等待。不一会儿，他领着一个梳短发的中年妇女进来，自己转身离去。姑侄相认的场面有些滑稽，元洁对老家来的人并不亲热，态度很冷淡、很警惕。她盘问了浑沌几句家族的情况，回答漏洞百出，立刻断定这个侄子是假冒的！

元洁掠了掠短发，冷笑道：别撒谎了，你究竟想干啥？

浑沌扑通跪下：我是来跟你学棋的，师父收下我吧，求你了……

元洁坚决不收这个徒弟。她干脆把门卫叫过来，指出浑沌是冒牌货。浑沌大汗淋漓，再三恳求，元洁却是铁石心肠，拂袖而去。

门岗盘问浑沌究竟从哪来，混进干校有什么目的。浑沌灵机一动，指着盖房子的民工说，自己想找一份工打，没饭吃，饿晕了！也算他运气好，两个门卫都是大青山人，攀得上乡亲。其中有一个竟然是东庄的，离浑沌的老家西庄只有三里地。老乡见老乡，两眼泪汪汪，浑沌马上获得了同情。

东庄那位老乡领着浑沌找到工头，递上一支香烟，说几句好话，问题就解决了。从此，浑沌成了红光干校的一员民工。

浑沌力大如牛，肯吃苦，很快赢得工头和工友们的喜欢。晚上，他睡在工棚里，十几条大汉精赤条条地滚在地铺上打呼噜。他辗转反侧难以入眠，既暗自庆幸自己站住了脚，又苦于无法接近元洁。他奇怪，棋圣的后人怎么如此冷漠？围棋弈者大都惺惺相惜，乐于互助，只有元洁是个例外！其中必有缘故。浑沌百思不解，终于昏昏睡去……

几天下来，浑沌对红光干校有了初步的了解。林场四周群山环抱，绝壁悬崖千姿百态，宛如摆着奇石的盆景。干校中多半是有了一把年纪的老人，每天都到树林里干活，剪枝、打药、砍树，非常辛苦。李工头告诉他，这些人都是犯了错误，从北京下放劳动的。

浑沌知道犯错误、下放是怎么回事，他的师父就是从上海回西庄老家的！可这些人究竟犯了什么错误？为什么要劳动改造？他不知道，也不想知道。

浑沌与李工头闲聊，话题绕来绕去总是落在元洁身上。李工头是个红脸大汉，说话豪爽痛快，告诉浑沌：元洁和她老公一起下放。元洁啥情况不清楚，她老公可是个了不起的人物！他是一位科学家，六十年代从美国回来，帮助祖国发展电子计算机，据说是这个新兴行业的祖师爷呢！李工头还说，干校里这帮子人，别看一个个灰头土脸、蔫不拉唧的，其实都是各行各业的精英专家，都有过辉煌的经历！一面说，他一面翘起大拇指。

浑沌也仔细观察干校里的人。他发现，他们中间好多人都戴眼镜，并且，他们的镜片比岳天一更厚。有一个小老头，听说是北京大学的教授，眼镜片竟然像酒瓶底一样厚！他们的面貌差异很大，但眼神里都闪烁着冤屈、愤懑、压抑的神情。浑沌觉得，这是一群怪人，也是不同凡响的高人！

浑沌很快注意到，元洁不上山，她在厨房工作。这使浑沌有机会接近心目中的师父。民工和干校的人分开吃饭，他们饭菜很简单，总是一筐黑窝窝头，一大桶菜汤。浑沌争着去领饭菜，每天都能接触到元洁。但元洁冷着脸，盛好了菜汤就让他们赶快提走，从不正眼看浑沌。

浑沌一次次觍着脸搭腔，元洁却没有任何回应。但是浑沌不屈不挠，得了空闲就往食堂里钻。他找各种各样的活干：水缸没水了，他赶快挑水；元洁和厨房师傅们削白菜，他就赶快把菜皮收拾干净。

时间长了，大师傅都问元洁：这孩子是你什么人？好歹也给个笑脸吧？元洁就有点尴尬。

这时，浑沌就机灵地自我介绍：我是元老师老家来的。我好下围棋，拜元老师做师父，想跟她学棋呢！

元洁剜他一眼，却也没否认。否认了，再怎么解释他们的关系呢？这样滴水穿石，元洁对浑沌的态度，终于一点点起了变化。

有一次，厨房大师傅让浑沌给元洁家送萝卜。浑沌背了一网包萝卜，终于有机会敲开老师家的门。元洁夫妇的宿舍在土房子东头，浑沌看见元老师正给老公补一只袜子。见到浑沌，老师还算客气，给他倒了一杯凉开水。浑沌咕咚咕咚喝完水，放下茶杯坐着不动。

元洁有些无奈，问：你到底想怎样？我不可能收你做徒弟，我已经几年没摸棋子了。你知道吗？我就是在围棋上犯了错误，才被下放到干校来……

浑沌很诧异：下棋怎么还会犯错误？

元老师叹了一口气，道出其中原委。在北京，有一位老将军喜欢下围棋，经常请元洁到他家做客，下指导棋，吃饭聊天。后来，老将军遭坏人诬陷，被打倒了。元洁也因此受了牵连，被围棋队除名，跟了丈夫来到大青山的五七干校。

元洁说到伤心处，眼泪潸然而下。浑沌心里很难受，不忍再逼元洁收徒。但他关心《天局》啊，心里像有小老鼠抓咬！他问元洁知不知道《天局》的传说，有一个姓欧阳的老校长是不是来找过她。

元洁点点头。浑沌眼睛一亮，整间土屋顿时大放光明！他想说什么，但嘴唇哆嗦着，一个字也吐不出来……

元洁并没有就《天局》的话题深入下去，只是微微一笑，有点轻描淡写地说：这样吧，我看你学棋心诚，就把这些书借给你看——她说着，转身从书橱拿出五本棋书，交到浑沌手里。你照着棋书打谱，棋力自会长进！

浑沌捧着一摞书，仿佛捧着一堆沉重的金砖。哇，《天局》！这是《天局》啊！它果真珍藏在棋圣后人手中，师父的话全部应验了。浑沌像是在梦境里，抱着棋书恍恍惚惚离开元洁的小屋……

14

回到宿舍，浑沌洗了手洗了脸，恭恭敬敬地打开《天局》。

发黄的书页上记载着许多棋谱，一招一招都编了号码。浑沌摆开棋盘、棋子，照着书本布局战斗，很快陷入精彩的棋局。《天局》果然非同一般，许多招法浑沌从未见过！无论师父还是岳天一，都不及棋谱的水准境界。浑沌佩服得五体投地，仰望夜空感激先贤棋圣……

不过，有一点很奇怪：棋谱上印着许多文字，是解释对局的过程，读了肯定大有益处。但这些字有些是中文，更多的却是一些符号，浑沌翻来覆去看不懂。文字、符号混杂在一起，浑沌彻底蒙了——这到底是啥意思？难道《天局》是天书？浑沌无法理解，只能照葫芦画瓢摆棋子。

白天干了一天活，疲乏的民工们睡得烂熟。浑沌在电灯泡下面打谱，热得汗珠洇湿水泥地面。干校用柴油机发电，九点停机熄灯。浑沌找来一盏煤油灯，但李工头不允许他点灯摆棋，因为自己有失眠症，第二天大家还要干活。浑沌只得另想办法。

食堂是个好地方，夜深人静，宽敞的大屋摆着一张张餐桌，正好用来打谱下棋。浑沌点上油灯，沉迷在激烈厮杀的棋局里，漫漫长夜，转眼即逝。

元洁深为浑沌的刻苦精神所感动。天亮时分，元洁第一个来上班，总是看见浑沌趴在棋盘上的粗壮的背影。由于离油灯太近，火苗常把他的头发烧焦。有时，浑沌睡着了，蚊子咬得他满脸大包，却浑然不知。元洁叹口气，拿一瓶风油精为他涂抹……

干校的食堂也是娱乐场所。每天吃完晚饭，大家帮食堂工作人员把餐厅打扫干净，就摆开一张乒乓台，轮流上台比赛。赢则留下，输则下台，参与者走马灯似的替换，好不热闹！浑沌发现这些平日表情呆滞、略有些麻木的老人，忽然焕发青春，有了孩子般的欢乐！打球的人你攻我守，围观的人有评论，有嘲讽，说到开心处，往往爆发哄堂大笑！浑沌情不自禁咧开嘴，也跟着他们笑。

还有几个人喜欢打牌，玩争上游之类的，比较简单。真正吸引浑沌关注的是两盘棋，一盘象棋，一盘围棋——

下围棋者，居然是元洁的丈夫马宇！浑沌没想到他也懂围棋，大概是老婆教会老公的吧？他的对手是戴着酒瓶底眼镜的北大教授郑启方，一位神经医学专家。也许是他专门研究人的大脑，自己的大脑也特别发达，郑教授竟一个人同时下两盘棋。他叼着烟斗，吞云吐雾，走一着围棋就站起来，溜达到旁边的桌子下象棋。挺牛！

浑沌看了一阵子，发现一个奇怪现象：科学家马宇先生走棋极慢极慢，摆下一颗棋子再就不动了，好像扎下了根。可以这样说，他一个晚上也就走三两招棋。郑教授走了，他就支着脑袋，对着棋子冥思苦想，还掏出一个小本本记录、计算。这叫什么下棋？搞科学研究吧？浑沌诧异极了。

跟郑教授下象棋的，是一个矮胖子，胸前终日挂着一架老旧的海鸥牌照相机。他是一位植物学家，名叫唐元浩，据说他走遍全国所有的大山，用这架照相机拍下数以万计的植物照片！唐老师是一个快乐的胖子，一边下棋一边吵吵闹闹，总是要悔棋。郑教授不苟言笑，十分严肃，板着脸就是不让他悔。但是，他对马宇又是另一种态度，当他回到围棋盘前，思考半天的马教授提出悔棋，他便磕磕烟斗，淡淡地说一句：随便。然后他又随随便便应了一招棋，回到象棋盘前跟唐胖子斗嘴去了……

浑沌对干校里的人充满好奇心，长这么大他还真没见过世面呢！还有一个怪人，也引起浑沌的注意，他是烧锅炉的孙大斌。孙师傅长得极瘦，身子骨单薄如纸，山里刮大风都让人担心他会飘起来！浑沌和孙大斌最熟悉，因为他经常来打开水。每次打水，他总是拿好几把暖瓶，打满开水再挨家挨户给教授们送去。大家都喜欢这个勤快厚道的小伙子，孙大斌也不例外。

有一次，浑沌听下象棋的唐胖子说，孙大斌是中国的太极拳大师。浑沌惊得目瞪口呆！单薄如此的孙师傅，怎么可能是太极大师呢？实在让人难以置信。唐胖子的话得到很多人证实，马宇教授告诉浑沌，孙师傅因为教某位中央领导的夫人打太极拳，记日记犯了大忌。他在日记里写下首长夫人的诸多琐事，当然免不了发一些议论。好了，被另一位太极大师，也就是他的师弟告发了。孙大斌师傅因此下放到红光干校，而那位师弟接替他继续教首长夫人练太极拳……

浑沌实在按捺不住好奇心，瞅空悄悄问孙师傅：你真的会太极功夫？

老孙头也不避讳，笑了笑说：你摸摸我的肚子。

浑沌迟疑着不敢摸。孙大斌师傅拉过他的手，按在自己肚子上。肚子渐渐鼓起来，坚硬如石！

你打，孙师傅说，别怕。

浑沌轻轻打了一拳，仿佛打在石碾子上。孙师傅命令他：你使劲打！

浑沌知道他有功夫，便放胆猛击。这黑瞎子有劲啊，使劲一拳是多大的力量？只见浑沌跳起来，疼得他直甩手——真是以卵击石！孙师傅呢，面带微笑，纹丝不动。浑沌服了，这才是传说中的武林高手呀！

从此，浑沌天天早晨跟着孙师傅练太极推手。他从来推不倒孙师傅，而孙师傅只要轻轻一扯，他整个人就摔了出去！这让浑沌想起跟师父初学围棋的情景，他像豹子一样扑出去，却连师父的青布长衫也沾不着……

浑沌真是热爱干校里的人。时间长了，他慢慢摸清了这些人的性格脾气。别看他们学问高，都有一些小孩子气，甚至有点小毛小病的。比如那个植物学家唐胖子，他抠门得要命，从来不舍得买好菜。食堂有时改善伙食，焖一锅红烧肉，所有的人都抢着买，只有他要三分钱一盘的青菜。

他还很不好意思地恳求打饭的元洁：好不好给我浇一点肉汤？元洁便舀一勺子红烧肉汤浇在他的蔬菜上，这胖子便欢天喜地地走了。

食堂一角放着一只大桶，每顿饭都提供免费菜汤。那基本是一桶汤水，漂着一点点油星、几块青菜皮。唐胖子最起劲，总是拿着长柄勺在桶里捞啊捞啊，捞一些干货。众人取笑他，给他个外号"打捞队长"。唐胖子也不生气，笑呵呵地解释道：我要减肥呀，只能吃素……

马教授悄悄告诉浑沌，他省下的钱全买胶卷了。虽然来到干校，他照相成癖，每天都在拍大青山里的花花草草。这种敬业精神，让浑沌肃然起敬！

食堂后面养了几头猪，猪圈也成了科学家们感兴趣的热点。马宇教授研究出一种糖化饲料，以发酵为手段，改善猪们的伙食。这引起了其他大教授的兴趣，陆陆续续全都参加进来。他们各自提出配方，守着臭烘烘的猪圈分析辩论，经常吵得面红耳赤。

马教授亲自动手，用地瓜蔓、苞米秸、谷糠做材料，发酵，糖化，猪吃了仿佛吹气似的，十分肥壮。郑教授是医生，当然有绝招，他那酒瓶底眼镜片凑近猪头，嗅来嗅去，好像和猪说悄悄话。他拿出的配方，能让猪产生更多的瘦肉，品质优良……十几头猪被教授们瓜分殆尽，各自承包一头试验自己的配方，真是八仙过海，各显其能！

有一天，唐教授注意到浑沌的小狗宝儿，悄悄与他商量：能不能把你的狗借给我用一用？

浑沌急忙把宝儿抱在怀里，生怕他受到伤害。狗，狗，不能吃草……他结结巴巴地说。

唐教授道：我是植物学家，当然知道什么东西能让狗吃，你还不放心吗？

他捏了一撮自己新制作的饲料，塞在宝儿嘴巴里。那傻小狗给啥吃啥，也不管谁喂的。吃了两口，没出息的东西竟然吃上了瘾，挣扎着脱离浑沌的怀抱，跟着唐教授走了。从此，那胖子只要拿点儿饲料，走到哪里宝儿就跟到哪里。其他教授大为嫉妒，他们的饲料宝儿一概不吃——大家都诧异，唐胖子使了什么独门绝技，把小狗宝儿的魂给勾去了？

寂寞苦难的生活，使科学家们把智慧都消耗在糖化饲料上。

15

马宇教授对浑沌特别好，他喜欢这个敦厚、执着的小伙子。妻子不肯收徒，似乎使他多了一份内疚，对浑沌就格外关照。

他悄悄地对浑沌说：你师父这个人啊，我最理解。她是属暖水瓶的——外面冷，里边热着呢！

最让浑沌感动的是，他提起元洁，总是用"师父"二字，仿佛替妻子做主，已然收了浑沌这个徒弟。

下雨天不出工，马教授就把浑沌请到家里来，让他陪自己下棋。马教授的围棋果然是结婚后跟妻子学会的，除了慢，其实棋艺很高。但是这个慢就叫人受不了了，他跟浑沌走了一招棋，又掏出本子算过来算过去，浑沌只好四下张望。师父的家简单干净，除了床、写字台、吃饭的方桌，剩下的地方都堆满了书。浑沌拿起一本书翻翻，里面尽是奇怪的符号；马教授的专业书，他当然看不懂。

浑沌实在憋不住，就问：马老师，你下棋为啥这样慢，本子上都记着什么呢？

马教授笑着把小本递给浑沌看。那上面密密麻麻地记着数字、密码、复杂的数学公式，看得他一头雾水。

马教授也抽烟斗。他的烟斗与郑教授不同，是用树根雕成的大烟斗，平时不带在身上，只是在家里抽。他装上烟叶，深深吸一口，嘴里吐出一股淡蓝的烟雾……

好吧孩子，我告诉你想要干什么——我研究的领域是电子计算机，准确地说，我们的行业在开发人工智能。我有一个理想，要造一个会下围棋的机器人！

浑沌惊讶地打断他：啊？机器人？他用手在空中比画，努力描绘自己的想象。机器能长成人的模样？是这样，这样……

不一定像人，也可以像狗。马教授指指趴在门口的宝儿，说道，关键是它要具备人的智慧。

哦哦，机器狗，机器狗也会下围棋！浑沌惊叹着，把小狗宝儿抱在怀里。他实在无法想象一条能下棋的狗。

我知道围棋变幻莫测，是棋类最复杂的一种，但它毕竟是可计算的，只要可计算，就能编成程序。所以，我每走一步棋，就要把它全部的变化记录下来，尝试着变成计算机语言。有朝一日，我要把人类的棋谱全都输入存储器，让它自己演算学习。那时候，机器人或者机器狗的运算速度远远高于人类，它一定能战胜任何棋手！

浑沌放下小狗，双手撑着桌子慢慢站起来，细眯的眼睛努力睁大：机器人战胜所有的棋手？这可能吗？

马教授拍拍他的肩膀，眼神闪烁着科学家的睿智：小伙子，围棋的本质就是计算。你要跳出围棋，开阔眼界，就会懂得宇宙的千变万化，浩渺无限！一切事物的运动，都包含着数学，包含着运算。用宇宙的眼光看围棋，跳出围棋看宇宙，那你就会升华到一个大境界！

在后来很长的日子里，浑沌反复琢磨马宇教授的话。他似乎懂了，终究是不懂，心灵受到极大的震动！如果机器人，甚至机器狗都能战胜人类，那他热爱的围棋还有什么意义呢？虽然他相信马教授的逻辑，却难免黯然神伤。同时，一股不服气的劲头在心中聚集，浑沌生来是围棋斗士，不会向任何力量低头！

一个阳光灿烂的早晨，李工头派他上山砍几棵树，工地上需要木料做脚手架。浑沌跟着马教授、唐胖子等人进了林场。

林场很大，周边连绵的山峰、幽深的峡谷都属于红光干校地盘，浑沌还是第一次踏入此地。干校的人马都在东沟边修剪树枝，浑沌独自翻过山梁，在向阳坡放倒几棵白杨树。这种白杨属于速生林，木质一般，生长很快，做脚手架正好。

盛夏季节，野花漫山开放，眼前一片绚烂。空气里洋溢着芬芳，深吸一口气，能品出甜丝丝的滋味。知了热辣辣地鸣叫，此起彼伏，山谷十分喧闹。浑沌在一块巨岩上歇息，抹了一把汗甩在草丛中。

山下是一片洼地，小溪潺潺从林间淌出，欢笑着奔出郁郁葱葱的峡谷。西边的青草地让浑沌感觉眼熟，正在这时，一群羊儿从山脚那边转过来，散落在草坪上吃草。她来了！小姑娘一身红，像一朵火苗跳入浑沌的眼帘。浑沌的热血瞬间凝固，忽然又沸腾起来！这一次，他没有压抑自己，扬起双臂呼喊：啊嗨来——啊嗨来——

牧羊姑娘抬起头，手掌搭着眼棚朝山上眺望，她似乎看见了浑沌，正甜美地朝他笑呢！

浑沌揉揉眼睛，想知道她是否认得自己，竟得到一个明确无误的信号：红艳艳的女孩扬起一条白手绢，向他摇了又摇，分明在召唤他呢！

若不是一个意外发生，浑沌肯定飞奔下山，与牧羊女相认相识。但是，一阵惊呼从他身后传来，使他情不自禁地转过头去——马教授忽然晕倒在地，情况危急！

浑沌不得不又一次错失机遇，扔下牧羊女跑回林场。马教授是在锯一根树枝时发病的，郑大夫迅速做了检查，诊断是低血糖导致晕厥。如果不立刻抢救，很可能因酮酸中毒导致死亡！谁有糖，谁有巧克力？唉，上山干活呀，谁会带这些东西？必须马上回场部卫生室，可是，一群老先生怎么把马教授搬弄回去呢？

幸亏浑沌来砍树！关键时刻发挥作用，他背起马教授，飞步跑下山。时间就是生命啊，浑沌拼足全力奔跑！汗水糊住他的眼睛，脚下被石块、树根绊得跟跟跄跄，但他片刻不敢停留！他把自己的嘴唇也咬破了，一口气坚持跑到林场卫生室。浑沌把马教授放在病床上，自己一屁股瘫在地上……

马教授得的是糖尿病。幸好抢救及时，输液后，他终于脱离了危险。但这种病应该回北京治疗，元洁替丈夫打了申请报告，上级却迟迟不批，他们只能留在干校等待。

一天傍晚，元洁没让浑沌在食堂领饭，直接带他回宿舍。推门进屋，只见方桌上摆了一桌菜，马教授抽着树根烟斗，笑眯眯地请浑沌入座。

知道吗？这是拜师宴，元洁同志决定收你做徒弟了！马教授用烟斗指着桌子上的菜道。

浑沌结结巴巴地说：拜师的酒……应该我请啊……

你怎么请？你有条件这样做吗？元洁直率地说，马老师讲究，特意做了一下午菜，他摆的酒，算你请客。

浑沌感到无地自容，耷拉着头，不知如何是好。

马教授吸了一口烟，笑着说：你救了我一命，我还不应该感谢你吗？元老师也因为这个，石头心才软化了。当然我也趁机帮你做了点工作……

元洁扑哧一笑，脸上的冰霜融化了。她留着齐耳短发，眼睛炯炯有神，像战争时期的女干部，却不见围棋世家的儒雅风度——也算得上一个怪人！

浑沌端起酒杯敬酒，还要给师父磕三个头。元洁手一摆，统统挡住：免了，旧礼俗没意思，我不喜欢。

她回头看了丈夫一眼，又说：拜师算一个主题，我还是从心底感激你。要不是你背着马老师跑下山，耽误了治疗时间，我家老头可能就没命了！来，我敬你！浑沌迟疑地端着酒杯，元洁主动拿杯子碰了一下，将酒一饮而尽。

马教授为浑沌夹菜：其实啊，元老师早就看中你这个徒弟了。她不止一次对我说，浑沌对围棋的精诚，是非常罕见的！

元洁点头：对，你每天在食堂打谱熬夜，所有的刻苦努力我都看在眼里。我在国家队当了那么多年教练，还从没见过像你这样执着勤奋的棋手呢！大青山里的孩子，身上具有非凡品质，实在难得啊……

浑沌热血涌上头顶，慌忙站起来：老师，我，我……我一定好好下棋！

马教授又开腔说话。他的话让浑沌感到意外，元洁虽然收浑沌当徒弟，但不是传统意义上的师徒。实际上，他和妻子建立了一个围棋小组，今天邀请浑沌也加入这个小组。元洁频频点头，浑沌却坠入云雾。这是什么小组呢？

未来围棋。马教授说，我们摸索前进，为人工智能时代做准备！

浑沌完全没想到，他竟加入了这样一个小组！在这里，没有他心目中的师徒关系，大家都是伙伴，共同研究，共同学习，组成团队向未来行进……

这还是下棋吗？浑沌觉得自己进入了一个梦想。

16

从此，浑沌每天晚上到老师家里下棋。

元洁告诉浑沌，自从老将军出事，她反复受审，已经在心中发誓，此生再也不碰围棋！但是跟丈夫来到红光干校，马教授的未来围棋计划需要她帮助，于是又沾起了围棋。马教授模仿机器人，她代表人类，反反复复地研究。浑沌加入进来，人工智能围棋小组又添一分力量。马教授把思路和计算方法，逐步教给浑沌。

对浑沌来说，这都是闻所未闻的经历。他内心充满新奇和激动，听着，想着，踏入崭新的世界。元洁拿出研究成果，由于进度缓慢，他们在林场一共下了五盘棋。浑沌摆开棋盘，进行复盘。马教授执白子为一方，浑沌代表元洁拿黑棋，照着棋谱行棋。很快，他们沉浸到对局之中……

像以往一样，围棋在浑沌眼前变幻成电影。黑武士出场，骑黑马，穿黑甲，抢着黑板斧杀上前去。令人吃惊的是，对方阵营并没有出现武士，而是蹦出一只小狗。那狗很像浑沌的宝儿，并不威猛高大，小家伙撒欢似的奔上前来。接下来的战斗更让浑沌诧异，那小狗完全不懂人类的战法，只按自己的意思直线运动。浑沌发觉所有的招数对小狗无效，因为它没有血肉之躯，而是一部机器！

浑沌暗自惊叹：还真有机器狗哩。它的动作僵硬死板，简直不可理喻，却按照自己的逻辑，走出让浑沌深感意外的棋。这小家伙太厉害了，它龇着一排钢牙，吭哧吭哧直咬人的脚后跟，你怎么也躲不开它！对局过程虽然缓慢，复盘时却是精彩纷呈、拼杀激烈。机器狗奇特的战法，竟能化解元洁的步步妙招。最后的胜利者，总是这条酷似宝儿的小狗……

五局棋摆完了，浑沌惊出一身冷汗。他望着棋盘上的阵势，喃喃道：将来，将来的围棋就是这样吗？

马教授又抽起了烟斗：这只是我模仿机器人的思维做

试验。告诉你，真正的人工智能运算速度，比这快一千倍一万倍！

元洁深深叹一口气，说：我作为职业棋手，很不情愿承认这样的结果。但是经验告诉我，马老师所说的未来，完全有可能实现！

围棋只是测试人工智能的一种方法，它真正的作用我们今天无法想象。它将取代人类的许多工作，可以上天，可以下海，可以唱歌，可以开车……未来世界到处是机器人，我坚信这一点！

马教授的话在浑沌耳边久久回荡。

离开师父的宿舍，浑沌独自来到工地。夏夜星光灿烂，虽然没有月亮，隐约的天光也使人感觉明亮。浑沌看见他砍的白杨树干已经被其他工友拖回，就想找件事情干干。他脱了上衣，光膀子砍树皮。

浑沌心里翻动着说不出的滋味，科技发展前景颠覆了他的世界观，从没想到未来的生活会是这样！斧子叮叮当当地响，树皮被剥干净，光滑湿润的树干泛出朦胧的白光。浑沌说不清楚自己喜不喜欢那样的日子，但他心事重重，仿佛一下子老了许多……

剥完树皮，浑沌坐在白杨树干上。徐徐山风吹来，驱散了他身上热腾腾的汗气；草木气息带着凉爽，渗透浑沌的肺腑。夏季的夜最美好，最美的夜就在此刻。浑沌的心忽然涌起一阵甜蜜，他眼前出现一群白羊，牧羊姑娘宛如一朵火苗摇曳燃烧！

浑沌强烈地思念姑娘，遗憾自己又一次错失与她见面的良机。浑沌不明白自己为何渴慕她，她是仙女啊，她是可望而不可即的！然而浑沌偏偏爱她，这种爱他对翠枝、对任何女性都没有产生过。这是爱吗？浑沌无法理解自己的内心，只是苦苦地思恋、思恋……

蓦地，一个疑问跳出浑沌的脑海：牧羊姑娘怎么会出现在红光干校？前几次遇见她是在岳家滩后山一带，离此地有一天的路程呢！何况还要翻过大青山的主峰太白顶，一个小姑娘赶着羊群，怎么可能走这么远的路呢？

他怀疑自己眼睛花了，认错了人。可是他怎么会认错人呢？他在梦中多少次凝视着姑娘姣好的脸庞，朝她呼喊，朝她奔跑！并且，牧羊姑娘今天还向他扬起白手绢，那红白相映的情景，浑沌一辈子也不会忘记！也许，姑娘转移牧场，今后要在红光干校附近放羊了吧？无论如何，明天午休时分再去东山沟那边找找……

浑沌终于困了，打算回宿舍睡觉。忽然，他看见了植物学家唐胖子，胸前挂着老式照相机，在工地后方的围墙边游荡。

浑沌上前打招呼：唐老师，你怎么还没睡觉？

唐胖子的回答怪怪的：我在等天亮。

浑沌本能地朝东方看了一眼。东墙角有一株松树，明亮硕大的启明星悬在松枝的上方，熠熠闪光。

浑沌又问：你睡一觉，天不就亮了吗？

植物学家两眼茫然，望着启明星：我担心一觉睡过去，错过了日出……我等着天亮，是想看日出啊！

浑沌不理解唐老师话里的意思，交谈无法进行下去，只好告辞回自己的工棚。

第二天一早，干校的人们发现植物学家唐元浩上吊自杀了！他把自己吊在院墙东角的松树权上，那架照相机还在他胸前晃荡。后来才知道，当晚唐教授接到场部的电话，得知他唯一的儿子不幸死亡！

浑沌听到一些细节：唐胖子的儿子与岳天一一样，也是知识青年，在东北农村插队落户。他到田里锄地，被一头疯牛顶穿了肚子，肠子流了一地，很惨！唐老师本来该回去奔丧，但实在无法面对残酷的打击，在干校告别了自己的人生……

浑沌心里很难受，眼前老晃动着唐胖子的影子。他盼着天亮，想再看一次日出，可是最终没有看成。浑沌后悔死了！他责怪自己：为什么不多一些耐心呀？要是陪着唐老师坐到天亮，和他一起看日出，说不定他就不会上吊了！

在师父家，浑沌反复这样说道。马宇教授摇摇头：人生不能假设，谁也逃避不了现实。

浑沌以为马教授是宽慰他，却听见师父在里屋哭泣。家家都有一本苦经啊，元洁夫妇的两个女儿都是小学生，因为父母在干校，不得不独立生活。她们的脖颈上挂着钥匙，买菜做饭、打扫卫生全靠自己。家里的火呀电呀，门户安全啦，做父母的怎能不担忧？一颗心时刻悬挂着！唐老师的死，勾起元洁的心事，怎能不悲哀呢？

这一晚，他们没有下围棋。

17

浑沌的老毛病又犯了。有一天，浑沌到食堂打饭，端着一碗菜汤、拿着一个窝头，刚刚跨出门槛，他就站住了。去食堂吃饭的员工从他身边进进出出，丝毫没引起他的反应。人人都奇怪，浑沌这是怎么了？他一动不动地站了半个多小时，成了红光干校一道奇观！

这一下学者们兴趣爆发，围绕浑沌的病症仔细研究。一位哲学家熟练地介绍：古希腊的哲学家苏格拉底就是这种情况，他思考一个问题，无论在街头、在剧场都会僵持不动，有时甚至能站一整夜！当然，医学领域轮不到他发言，众人的目光投向郑启方教授。

郑教授兼管干校卫生室，是唯一的大夫。待浑沌清醒后，郑教授领他走进土屋后排的卫生室，一脸严肃地关上房门。郑教授把酒瓶底厚的眼镜片凑到浑沌面前，用手电筒照他的瞳孔，又用小锤敲他的膝关节。然后拿出冰凉的听诊器，在浑沌身前身后听了个遍。

浑沌很紧张，问：我得了什么病？

郑医生目光透过一圈一圈的眼镜片，凝视浑沌：刚才，你站在食堂门口的时候，看见了什么？在想些什么？

浑沌挠挠头皮，半晌才回答：现在我也记不清了，总是下围棋那些事吧……我好像在跟一个小老头下棋，他很矮，不过三尺高。旁边还有一个老奶奶在看，帮老爷爷支招……他们说，自己是干校这块地方的老主人。不过嘛，他们的围棋下得一般般！

郑教授没把这当笑话听，认真地点点头：干校围墙西边，有一座倒塌的土地庙，里面供着土地爷爷和土地奶奶。你可能走过那里，无意中留下了印象。

他又问浑沌的病史。浑沌就把自己在西庄老家发疯，村里人说他这样那样的情况描述了一遍。郑大夫点点头，说这属于精神疾病的一种。具体啥病，他没对浑沌讲，只是用英语咕噜了一串名词。可能病情太复杂了，用中文表达不清楚吧?

浑沌更紧张了:那，要紧吗?

郑教授说这不会直接影响身体，它的主要表现为想象力过于丰富，注意力过度集中，发展下去容易得妄想症。浑沌渴望他能详细解释一下，但人的精神领域最奥秘，许多问题确实很难讲清楚。郑教授只好给浑沌讲故事，用专业的说法就是讲医案——

有一个农民在山上解手，忽然，一只壁虎从他胯下穿过，他认定壁虎钻进自己肚子里去了。从此，他就肚子痛，看病时对医生说，壁虎在他肠子里搅来搅去，快要疼死了! 可是，医生给他做了各种检查，做了各种化验，完全没有病理性症状。无论吃什么药打什么针，他还是肚子疼，那只壁虎照旧在肠子里乱窜。农民很老实，完全不是装的，壁虎一窜他就打滚，痛得哭爹喊娘!

精神科医生想了个办法，决定给他做手术。他们给农民打了一点麻药，在肚子上轻轻划一刀，然后把一只浸泡过红药水的壁虎给患者看:瞧啊，壁虎取出来了! 这位农民的病顿时痊愈，肚子再也不痛了⋯⋯

浑沌听了傻笑:那就不要紧，我只是想围棋，又没有壁虎钻到我脑子里! 我的头一点儿也不痛!

郑教授劝他注意，不要把心思过分扑在围棋上。他吸着烟斗，满屋弥漫开香气，慢悠悠地说：浑沌啊，你那么年轻，应该多一些爱好。花花世界，世界花花，你难道一点也不动心？

浑沌咧嘴傻笑：我就是一根筋，除了围棋啥也不知道！

这件事情在干校流传许久，人们都当作奇谈。浑沌过后一切正常，照样是力大如牛、热心助人的好小伙子。

夏天就要过去了，马教授终于获准回北京治病。他们的机器人围棋研究小组不得不解散了。虽然时间不长，浑沌在围棋内外学到的东西，丰富得难以描述！

场部大楼盖起来了，房子完工，浑沌也随民工们一起被遣散。干校一段难忘的生活，就这样结束了……

早晨，浑沌去土房东头的宿舍，向老师告别。他要把《天局》还给元洁，棋圣留下的秘籍不可外传。不过，浑沌心中有一些疑惑，也应该让老师解开了。

浑沌双手捧着五本棋书，恭恭敬敬递到元洁面前：老师，我要走了，谢谢你借给我《天局》。可是，我还有最后一个问题——这书里有许多密码，我看不懂，那是些什么字啊？

马教授喷着烟，一边咳嗽一边笑：那不是密码，是日本字。元老师，你应该给学生揭开谜底了……

浑沌瞪大眼睛望着元洁。老师依然不苟言笑，板着脸给出答案：我这里从来没有《天局》。

浑沌无比惊讶：那，这是啥书啊？

是日本出版的棋圣战对局谱。元洁拢了拢短发，条理清晰地说，现代围棋日本领先了，他们在理论和实战方面，比中国古代围棋有了很大的突破。这些书我就送给你了，好好学吧，总有一天我们会超过日本，恢复领先地位！

浑沌拍拍棋书，满脸迷惑：你的祖先，大青山棋圣元泰，不是写过一部《天局》吗？

元洁摇头：没有，我们家族谁也没见过《天局》。那只是一个传说罢了。据我所知，天下没有一本书能使你成为一个优秀的棋手！

马教授磕磕烟斗，说了一句颇有哲理的话：你可以把这些棋谱当作《天局》来读——世上无"天局"，"天局"又无处不在。

浑沌明白了，欧阳老校长也是误会。他看见的并非《天局》，可能就是那些日本棋谱。浑沌难免失望，但是马教授的话也有道理，"天局"无处不在，就看自己能不能领悟了……

最后，元洁把整套日本棋书送给了浑沌。

浑沌离开干校，马宇元洁夫妇送了又送。天气炎热，夏末的太阳凶猛如老虎，大山里刮起的阵风，却透露出秋天的凉意。土路两旁的庄稼地，苞米吐出红缨，地瓜藤蔓泛紫，传递了收获的信息。两只喜鹊在老楸树上筑窝，衔着枯枝飞来飞去，快乐地忙乎不停……浑沌反复劝老师留步，元洁夫妇才与他握手惜别。

浑沌攀上十八盘，回头遥望老师，两个人仍站在路口朝他张望。浑沌眼睛湿润，视线也模糊了……

18

　　秋分前后，可以开始收庄稼了。就说地瓜吧，虽然藤蔓还生得旺盛，叶儿墨绿秆儿紫红，但已显出了憔悴相。刨开地瓜垅，随着浓郁的泥土气息弥漫，会滚出一串颜色鲜红的地瓜蛋。小地瓜真可爱，就像刚出生的新娃娃，皮肤嫩得不忍触碰。

　　虽然地瓜还没有停止生长，霜降后它们会长得更加壮实，可是浑沌等不及了。他回到西庄家中，盛粮食的缸里盆里空空如也，总得先有东西填饱肚子呀。他心里念着老爷爷的好处，一步一步走向西山坡那块自留地。

　　浑沌用镰刀割下地瓜蔓，卷成一团一团，然后扬起镢头刨地瓜。他只割了地头一小块地瓜蔓子，其他地瓜等霜降以后再刨吧。小狗宝儿在田边转悠，鼻子不住嗅着新割的地瓜蔓。有时候，它还伸出小爪子拨开刨松的土壤，似乎发现了什么东西。小狗和主人一样，享受着收获的喜悦！

知了仍在鸣唱，随着秋季的来临，它们的歌声也变得有气无力。倒是草丛里的纺织娘、金灵子叫得起劲，喝足了露水，润透了嗓子，歌声更加甜美。浑沌一镢一镢刨开土壤，他的动作依然笨拙，一不小心地瓜就被劈成两半，渗出乳白色的浆水。浑沌十分心疼，捡起刨碎的地瓜，用衣角擦擦，填进嘴里。于是，一股鲜甜的滋味在味蕾间洋溢开来……

幸亏老爷爷让人帮忙，栽下这一片地瓜，否则浑沌流浪归来，吃饭还真没有着落呢！村里人照例流言纷纷，说啥的都有。见面他们就关切地问，这次回家就不走了吧？好像早已料定浑沌的失败。不过，浑沌并不记恨乡亲，有人需要，他仍是笑眯眯地帮人家干些杂活。

浑沌拄着镢柄歇息，秋风吹乱他蓬松的头发。他觉得，自己的心实在无法和大家融在一起，在西庄他永远是一个陌生人。这让他很痛苦，却又没办法——走得越远，回家越难！

刨完地瓜，养足了精神，浑沌还要出去跑。上哪儿去呢？他也不知道。浑沌的情绪有些低落。师父离世后，他听师父的话，寻访《天局》，寻访高手。一晃大半年过去了，他似乎满载而归，又似乎两手空空。棋艺是长了，朋友也交了不少，可他心里空落落的，底气反而不如先前充足……

这究竟是怎么回事情呢？

浑沌细细琢磨，发觉自己与围棋高手们有着巨大差异——

天才少年岳天一，下棋的目的非常明确：他要熬过下乡务农的苦日子，迟早招工回城，先解决户口问题。有朝一日鲤鱼跳龙门，进入国家围棋队，做一名专业棋手，就算达到了理想。岳天一的目光始终没有离开金光灿灿的奖杯，始终盯着高高在上的冠军宝座！

欧阳老校长呢，他以下棋修身养性，娱乐身心。他根本不在乎棋的输赢，打个漏勺走个臭步，他哈哈一笑了之！作为一个玩票的业余棋手，贵在参与，这样的心态就很好。老校长讲得不错，他还可以用围棋防止老年痴呆症呢！可是，这不是专业作风，真正的棋手绝不能以这种态度对待围棋！

棋圣的后人元洁，已经退出职业棋手行列。当然，她在辅助丈夫干一桩了不起的事业，为了未来下棋。但是他们的目的不在于围棋，而是人工智能。他们的努力恰恰是对围棋的否定！马教授预言，机器人总有一天战胜人类，因为围棋的本质就是计算，而人脑永远赶不上计算机的速度。这个结论让浑沌寒心，他不愿意人在机器面前败落……

总之，浑沌看清了一个事实：所有高手下棋都有明确的目的，而他却没有！为什么呢？归根结底，围棋在他心中是一个神话，每一颗棋子在他眼中都闪耀着神圣的光辉！下棋本身就是他的目的，围棋之外没有任何东西！

浑沌望着躺在泥土里鲜红的地瓜，喃喃自语道：下棋，怎么能和刨地瓜一样呢？

他蓦地想起，师父提起高人，前面还有两个字：世外——他要徒弟寻找世外高人！浑沌细思，这就是说他们与世界上的人不一样，不需人间烟火，无须为地瓜发愁。他们的围棋能够达到不可思议的境界，因为他们的心纯净无瑕！师父说过，真正的高人最会隐藏自己，他们都在修炼，不容俗人打扰。他们保守着《天局》的秘密，世代相传。迄今为止，谁也没有见过这些隐士，浑沌找的人不对路啊……

浑沌在额头上猛击一掌，脱口叫出声来：我要寻找世外高人！

小狗宝儿摇着尾巴跑到跟前，以为主人跟它说话呢。浑沌还真把它当作谈心对象，抚摸着它日益强壮的身躯，以商量的口吻说：吃饱了地瓜咱们还得走，是吧？大青山大得很哩，世外高人不知道隐藏在哪个沟沟壑壑里，宝儿，你鼻子灵，你帮我把他们嗅出来！

小狗舔舔他的手背，表示同意。

寻找世外高人之旅，是浑沌最为神奇的经历。在开始这段故事之前，他还要刨完地瓜，还要看望老爷爷，当然，也准备好了挨训。然后，浑沌想去岳家滩，好久没见岳天一了，真是想念这位好伙伴！浑沌有满肚子的话要对他说，经历了那么多的事，见识了那么多的人，他很想跟岳天一交流感受。另外，他还怀着一个小秘密，测测自己的棋力长了多少。上次与岳天一分手，他还被让执黑棋先行，如今能不能平起平坐，见个高低呢？

做完这一切，浑沌就要漫游大青山了。其实，他心中早有计划：先找牧羊姑娘，寻求她的帮助。她整天在山里放羊，转遍了大青山所有角落，肯定知道许多秘密！世外高人也会喜欢牧羊姑娘的，这样的小天使谁能拒之于千里之外呢？说不定，他们早就是朋友呢！浑沌越想越有把握，为自己新计划激动不已。当然，寻找牧羊姑娘可能费一番周折，她的羊群还不知道在哪里呢……

事情并没如浑沌的预期发展。一个中年汉子的闯入，使他改变了计划，再一次远离姑娘与羊群。说起来，这汉子身份有些诡异——他是一个樵夫。可是现在没有樵夫，大青山早就封山育林，没有人能以砍柴为生。浑沌遇见的中年汉子却是一副樵夫打扮，像小人书上画的那样，扛一根扁担，扁担尖尖挂着一束绳子，青布褂子打着补丁，怎么看怎么不像一个现代人。

不过，他没有拿斧头，斧头是必需的，一个樵夫要砍柴怎能不拿斧头呢？

好了，这一切还要从浑沌去岳家滩寻找岳天一说起……

19

　　浑沌踏上山路时，天已黄昏，火烧云在西天边燃得绚烂，东方却有淡白的月亮慢慢爬上树梢。他想着很快就能见到岳天一，心里一阵阵开心。他要告诉天一，自己在红光干校过了一段不平凡的日子，因为那里人人不平凡。他要把马教授的观点转述给天一，看看他是否同意计算机战胜人类的观点。他还要讲植物学家唐胖子的故事，问他好人的结局为何这样悲惨……

　　一路想着，浑沌脚下生风。他走的是小路，随着林子越来越浓密，小路渐渐隐没在野草丛中。山峦巨大的阴影填满沟壑，夜幕也随之渐渐降临。

朦胧中，小路前方走来一个中年男子，他低着脑袋东寻西觅，好像丢了什么重要东西。扁担尖尖挂着的绳索晃晃悠悠，好像心神不宁的主人一样。浑沌打了一声招呼，他也没听见，两人擦肩而过。

　　浑沌朝远处张望，再翻过一道山梁，就能望见岳家滩了。能不能邂逅牧羊姑娘呢？此地离开她放羊的山谷不远了，瞧，松树干子隔开几步，就有刮过树皮的白茬，这是浑沌留下的记号。干脆，先去看看她吧，也不知羊群在不在吃草……

　　浑沌回头望望，那中年汉子走出十来步了，又折回身子，扒拉着树枝草丛，朝自己这边走来。浑沌热心，迎上前说：大哥，你丢了啥东西？我帮你一起找找吧？

　　中年汉子满脸忧虑，瞅了浑沌一眼：不麻烦你了，我自己慢慢找吧……他停顿一下，又踌躇着说：就是一把斧子嘛，丢了就丢了吧……我找半天也没找到。

　　浑沌脑子里立马冒出问号：斧头怎么会丢在这里？是偷山的吧？

　　这是一个贫困的年代，人们不仅吃饭困难，烧草也困难。所以大青山封山育林，总有周边的农民偷偷来砍柴，当地人称之为"偷山"。浑沌没有因此蔑视他，过日子谁家没难处？他招呼中年汉子在一块大石硼坐下，休息聊天。

浑沌背了一包煮熟的新鲜地瓜，准备捎给岳天一的。他估摸那汉子还没吃晚饭，就邀他一块儿吃。中年汉子搓了搓手，也没客气，呼哧呼哧吃了三个地瓜。他长得精瘦，唇边稀稀拉拉生出一些黄胡子，眼睛却像炭火似的铮亮。

浑沌好奇，憋不住问：这地方很少有人来，大哥，你怎么就把斧子丢这儿了呢？

汉子咂巴咂巴嘴，仿佛品着地瓜的余味。他掩饰着不自在，语音含混地说：我要砍一棵柞树做镢柄，找不到合适的，东找西找，就来到了这里……

那么，你找到镢柄了吗？

浑沌的话一出口，就后悔了，盘问偷山者有点不厚道。试想，人家做贼心虚，你却紧追不放，心里能好过吗？再说了，浑沌又不是看山的（山林守护员），没有责任捉拿偷山的，这是干吗呀？

不料，浑沌这一问，问出了大名堂！中年汉子捻着黄胡须，目光烁烁地说：我没找到镢柄，我看人下棋来着……那儿，就在前边一点，方方的石台像一块棋盘吧？两个老头就盘腿坐在那里下棋。

浑沌忙问：下什么棋？是走成吧？

汉子不屑：怎么走成呢？谁玩那小孩子玩意儿？是下围棋！他嘘了一口气，补充道：我也好围棋，就站在旁边看。看着看着，把砍镢柄的事情忘记了⋯⋯

浑沌一听说下围棋，顿时来了精神。他起身向前走了几步，在一块四方四正的石硼上站住：是在这儿下棋吗？真是一块棋盘石哩。

中年汉子也走过来，拄着扁担说：是啊，我也觉得稀奇，这荒山野岭的，哪来两个老头儿下棋呢？我想听他们说点啥，可老家伙就像两只闷葫芦，闭着嘴只管埋头下棋⋯⋯

浑沌有些遗憾：你光看棋，就没有见到些什么？

有啊。瘦高个老头手里拿着一本书，十分古旧，书页都黄了。等对手思考时，他顺手翻书看。我探头望望，书上画着棋谱⋯⋯中年汉子思忖道。

浑沌按捺住激动，尽可能平静地问：这本棋书的题目，是不是叫《天局》？

中年汉子仔细回忆：好像是的，我也没有看真切⋯⋯封面上写了两个大字，是"天书"吧？

浑沌喊：不对，应该是"天局"！

那汉子却犟起来，梗着脖子说：就是"天书"！

浑沌不想跟他争。当务之急，是要搞清楚两个老头对局的内容。他手都颤抖了，费好大劲才解下背着的包袱，取出师父的围棋：大哥，你看了一下午棋，总能复盘吧？来，咱俩摆一下棋。

汉子面有难色：天这么晚了，哪能看见下棋？再说，我脑子笨，记不住啊……

他说着话要走，浑沌拦不住，中年汉子跳下棋盘石。我得赶快找斧子，要不回家被老婆骂！兄弟对不住了，我那老婆厉害呀！镢柄没砍着，还把斧子丢了，今晚可不是跪搓衣板的问题啦……

浑沌追上去，帮他一起在草丛中寻找斧头。他怕失去联系，问那汉子：大哥，天色这么晚了，万一找不着斧子，你明天还到这儿来吗？

一定会来！中年汉子肯定地说，买一把斧子要一袋地瓜干的价钱，找不到斧子我老婆会活吃了我！

正说着话，浑沌脚尖踢到一样硬家伙，捡起来一看，竟然是锈迹斑斑的斧头！中年汉子赶快到浑沌脚边摸索，摸了半天，摸到一截朽烂的斧柄，稍一用力，就碎成木屑屑……

汉子惊得目瞪口呆：不可能啊，我就看了一下午围棋，斧头怎么会烂到这样？活见鬼了！

浑沌安慰他：这不是你的斧子吧，兴许是别人落下的，年代早着呢！咱俩约定，明天中午我在棋盘石等你，你帮我复一下盘，我帮你找斧子……

汉子手捧锈斧，心事重重：好吧，可我还不知道明天会是怎么回事哩……兄弟，要是这斧头真是我的，那，回家我还能看见老婆吗？斧子都烂了，我看一盘没有下完的棋，过了多少岁月啊！

浑沌浑身打一激灵，这还真是个问题，细思极恐！

中年汉子郁郁离去。浑沌追着问：那俩老头儿往哪里走了？

汉子闷声回答：他们还没把棋下完。太阳擦到山梁，两个老头儿就说，回吧回吧，明天接着下……他们就顺着小路朝西走，好像往烟霞洞方向去了。

浑沌晓得烟霞洞，也晓得这一带没有什么村庄，心里就有些纳闷。他想再问问仔细，中年汉子已经走没了踪影。

天色完全黑了，月亮悬挂东半空，越发明亮。棋盘石泛出白光，倒比刚才更清晰。浑沌独自盘腿坐在棋盘石上，思考着刚才发生的一切。还去不去岳家滩？不了，岳天一啥时候都能找，那两位老先生可遇不可求，失去踪迹，怕是一辈子也见不着了！可是天黑山野，大青山小路纷乱，又怎么能寻到老人的足迹呢？

浑沌犹豫半天，背起包袱跳下棋盘石，顺着中年汉子手指的方向走去。小狗宝儿似乎害怕，蹲在原地呜咽许久，又急急地追着主人去了……

浑沌拿定了主意：世外高人总有些古怪，遇到任何事情，不必用常识去衡量。

20

正逢阴历十八，时间越晚月亮越辉煌。月光透过树冠的缝隙，洒在杂草丛生的小路上，浑沌便不觉得走夜路有多么困难。

一只猫头鹰蹲在楸树枝上，两只眼睛小灯似的亮着，时而发出凄厉的叫声：咕咚，咕咚，喵——浑沌并不害怕，大青山里的飞禽走兽他非常熟悉，就像老朋友一样。小路不断分岔，浑沌提醒自己小心，千万别迷路了……

山坡缓缓上升，越来越陡峭。前面突兀拔起的山崖，就是主峰南天门了。南天门与太白顶遥遥相对，像一对孪生兄弟，都是大青山的主峰。浑沌踏着野草，深一脚浅一脚地前行，来到了一个向阳山坡。他记得烟霞洞离此地不远，听老人说古代有一座道观，现在无踪无影了。上哪里去找那两个老头儿呢？

浑沌在一片松树林里转来转去，好容易找到一个黑魆魆的山洞。他想进又不敢进，正踌躇着，一名老道士出现在洞口，捻须微笑。

路漫漫其修远兮，吾将上下而求索。

老道士张口吟诗，浑沌听不懂。你说什么？他问道。

这是屈原的诗，《离骚》里面的两句。说一个人，走在一条没有尽头的路上，寻找难以找到的东西——我用这诗来形容你。

浑沌纳闷：你认识我吗？知道我要来吗？

老道不回答，手中的马尾甩子一挥，请他进来。浑沌入洞，里面挺宽敞，却黑咕隆咚的，啥也看不见。道长在石壁上摸索着，不知触动什么机关，一扇石门打开。石门很窄，只容得一人通过。

浑沌穿过山洞，眼前豁然开朗。原来是一大片空地，建着精美的道观！大殿灯火通明，里面摆着三副围棋，六个道士坐在蒲团上，捉对厮杀。老道长在浑沌耳边轻声说：观棋不语，用心感悟。便独自进入殿后静舍，闭门修炼去了。

浑沌被眼前的情景吸引住了，暂且不寻两位老者，看一群道士下棋。他背着手，转着圈儿，一局棋一局棋地观望。很快，他沉浸在不同的战斗场面中……

浑沌发现一个秘密：这些道士下的棋，完全不遵循围棋规律。他们常常走出无理手，随着一串复杂的变化，却又变成了妙招！布局时，道士们看似漫不经心地扔下棋子，让浑沌觉得不可思议。可是半盘棋下完，那些棋子又招招站在要点上，发挥出无比神奇的力量……这就是世外高人下的棋？浑沌兴奋而又震撼，感觉自己身处仙境！

在这几盘棋当中，要数一位年轻的道士下得最好。他眉清目秀，红面皓齿，天生的仙风道骨。只是嘴巴有点大，不，应该说非常大！他仰脸朝浑沌一笑，弯弯的嘴角几乎咧到耳根去了。浑沌以笑回报，忽然想起自己也长着方阔大嘴，很不好意思。难道要比谁的嘴最大？浑沌低下头，转到殿后找老道长去了。

道长让浑沌歇息，领他到一排青瓦平房跟前。七个道士两人一房，浑沌只能与道长共居一室。道长的寝室窗明几净，一尘不染。墙上挂着一幅水墨画，古松苍劲，枝干铮铮。墙角的红木几案上放着一架古筝，格调高雅，一看就是高人隐居之所。

浑沌内心急切，解下包袱拿出师父的围棋，要求与老道长对弈一局。道长点燃一炷香，端出一盘松子，笑着说：你先吃晚饭吧。道观事多，我们还要做功课呢。说完，他带上房门离去。

浑沌嗑了几颗松子，这就是所谓的晚饭？松仁浓香无比，嚼一嚼满口生津。以浑沌的饭量，只吃几颗竟然饱了！香烟袅袅，那气味仿佛新砍松枝飘出的清香。浑沌闻着松香，眼皮渐渐滞重，便和衣躺在炕上，沉沉睡去……

一阵窸窸窣窣的声响将浑沌惊醒。浑沌起身，月光泻满屋子，一只松鼠不知如何钻入屋子，正站在古筝上朝浑沌作揖。浑沌揉揉眼睛，很是吃惊！那尤物用爪子拨动琴弦，铮铮有声。它似乎要告诉浑沌什么信息，尾巴一翘一翘，纵身跳出房门。

浑沌急忙趿拉着鞋跟出去。院子里月色明亮，仿佛白昼，松树投影在地上勾出清晰的图案。那松鼠不见了，浑沌东张西望，不知不觉来到前院。他立刻被眼前的一幕情景吸引——

以道长为首，七个道士各坐蒲团，在院子里构成一个阵式。浑沌举头，望见天空中的北斗七星，道士们的阵式正与星座相对应。他们似乎在打坐，又似乎运行内功，忽然间蒲团就转了起来！七个道士穿插换位，北斗星阵旋转变化，看得浑沌眼花缭乱……

浑沌张大嘴巴，正看得发呆，忽然与那个最年轻的道士打了个照面！这会儿，浑沌注意到他的眼睛特别圆，好像用圆规画出来似的。他又朝浑沌咧嘴一笑，弯弯的嘴角高高翘起来，大得夸张可爱。浑沌觉得和这位小道士很有缘分，见着就喜欢。但他有点心虚，怕被人发现自己在偷看练功，连忙蹑手蹑脚转回后院。浑沌进入房间，抚摸着古筝浮想联翩——松鼠、北斗七星、旋转的蒲团……

道长回来了，手里提着一盏罩子灯。他看看浑沌，神秘一笑。浑沌怕他指责自己，道长却拿起炕上的棋盘，抚摸着说：我认识此物，曾与你师父下过几盘围棋。今日你来，也是定数！

浑沌欣然，原来师父与道长相识，难怪叫他寻访世外高人！师父的话——应验了。

浑沌脱鞋上炕。道长摆上几案，在浑沌对面坐下。浑沌执黑先行，这是尊对方为上手的表示。他心里别别跳，这可不是与凡人下棋啊，神仙般的老道长不知有何奇妙高招？

道长缓缓行棋，棋盘上并未出现浑沌惯见的电影画面。

他定睛凝视老道，想看清对手的本相，却只见到一团白皑皑的浓雾。奇怪！战斗场面哪儿去了？难道道长不是武士？

浓雾渐渐化开，道长在雾中向他招手。浑沌走上前，发现自己和道长身处一片松林之中。道长握着他的手，一边走一边谈话：浑沌啊，我知道你有满肚子话要问我，想问就问吧。

浑沌非常高兴，终于有机会揭开埋在心中的谜底了！他先说自己遇见寻找斧子的中年汉子，得知两个老者坐在石硼下围棋。浑沌扬起脸，带着几分自信问道：师父，那两位高人里面，一定有你吧？

道长断然否认：没有，这些日子我一直在道观闭门修炼。

浑沌追问：那么，这两位老先生是谁呢？你老人家道行深，一定知道他们是何方神圣。

道长倒不否认，淡淡地回一句：天机不可泄露。

二人且说且行，穿过松林。浑沌忽然想起师父说过一句话：古人把下围棋称作"手谈"。现在看来，这个说法太正确了！道长不见武士形象，却与他携手对话，不正是手谈吗？

不知怎么，浑沌一阵恍惚，发现自己双脚离地，腾空而起。睁开眼睛，他已和道长坐在一朵云彩上，缓缓飘游。

身下是连绵起伏的大青山，远处是一望无垠的大海，浑沌顿觉心旷神怡。

师父，大青山究竟有没有"天局"呢？浑沌又提出一个问题。师父让我寻找"天局"，我一直在找。可有人说它是一本书，有人说它是一张图，还有人说世上根本不存在"天局"……

道长凝视浑沌：说有就有，说无就无。我只知道"天局"不是书，不是图，而是一个人！

浑沌诧异：什么？"天局"是人？

道长说：确切地说，"天局"是一局棋，它藏在某个人的心里。当他下出这盘棋来，"天局"就有了；可他没下，"天局"就无！

浑沌如坠云雾，想象不出这是怎样的"天局"！浑沌苦苦哀求：我太笨啦，还望道长讲明白，"天局"究竟有还是无？不管是人还是书，你老人家有没有亲眼看见过"天局"呢？

老道长一甩长袖，呵责道：你啊，人太俗，下的棋也太俗！

浑沌忽然从云端滚落，惊叫着跌在烟霞洞口。道长坐在云端上说道：明天早晨，你跟我到一处宝地练功。不把根性修好，基础打牢，还下什么围棋呢？

浑沌浑身一激灵，陡然惊醒！发现自己仍然坐在炕上，面前放着棋盘。浑沌低头观察局势，棋早已输得一塌糊涂！

道长和衣躺下，说：天不早了，睡吧。

浑沌一脸惭愧，慢慢收拾好棋子。

道观后面有一小径，蜿蜒通向悬崖。东方泛白，浑沌跟老道长登上悬崖。道长指着一块巨石：上去。说完自己身轻如燕，登着石块的突出部分，纵身跃上巨石。

浑沌费好大劲爬了上去，并排坐在他身边。老道长身上散发出一种鲜美的气息，浑沌忍不住深深呼吸，把那美妙的气息锁在腹中。

道长教他练功，轻声念道——

吸日月之灵气，

纳万物之精华。

天地与我为一，

我在其中……

口诀是灵验的。老道长念到"中"字时，白色雾气迤逦盘旋，拧成蛇状，游入他的鼻孔。他面颊顿时红润起来，鲜艳如少年！

浑沌在心里跟道长一遍遍复诵口诀，一股暖流自小腹弥漫到周身。他感觉白雾在腑脏间回旋，涤去污俗浊气，擦尽灰垢尘埃，自己从内向外变得晶莹洁白。浑沌的头发在晨风中摇荡，整个人儿飘飘欲仙……

大青山多石壁，千姿百态，峻险挺拔。晨雾特别浓，一片一片附着山岩，羽毛一般洁白松厚。这种白雾让人痴迷，恨不得从山头跳下，一头栽进雾里。过去，道教盛行，浑沌听老人说大青山有七十二处道观，满山遍野的钟声，从白雾深处隐隐传来。白雾有灵性，仿佛总在孕育着什么奇迹。群山在雾中若隐若现，更显得高深莫测。

太阳跳出山巅的一刹那，浑沌的心脏停止了跳动。心的一刹那的静止，是神奇的极乐境界！他全身心与大自然交融，灵魂跳出躯体，沐浴着灿烂阳光！

当这美妙的瞬间逝去，天地恢复常态：布谷鸟又啼叫了，声音幽远；山风又摇动松林，露珠闪着七彩光亮坠入地下；山溪又在乱石间奔流，撞起白莲似的水花……浑沌长长吐出一口气，瘫软在巨大的石床上。冷硬的岩面如铁汉子宽阔的胸脯，浑沌的身体却像一块水中捞起的海绵……

21

浑沌要走了，老道长不肯收他做徒弟。

浑沌苦苦恳求，道长不为所动。浑沌说：我会烧火做饭，可以伺候你老人家。老道微笑：我吃松子，不动烟火。浑沌说：我能敲背捏脚，为你养老送终。道长摇头：清静无为，哪来腰酸背痛？

一句话，缘分已尽，该走就走吧。浑沌无奈，只得拜别老道长。

穿过狭窄的石门，老道长把浑沌送到烟霞洞口。依依惜别之际，浑沌终于吐露心思，告诉道长自己对牧羊姑娘的思恋。他问了最后一个，也是最迫切的问题：她是谁？为什么独自在大青山放羊？道长啊，你一定认得她吧？

晓得，但不认得。老道纠正他的词语，说起来，你也应该晓得，女巫梅真你没有听说过吗？

浑沌浑身一震：什么？她就是女巫梅真？

浑沌从小就听说过女巫梅真，她是大青山真正的传奇！山里人口口相传，这个神秘女巫的故事谁都耳熟能详。

道长告诉他，跟随梅真的老驼子死了，村里人容不得她，将她驱逐出去。梅真只能放羊为生。时光荏苒，岁月流逝，女巫梅真一直在大青山游荡。她吸取天地精华，竟然越来越年轻，长成了小姑娘的模样……

老道长不再多说，挥挥马尾甩子，与浑沌道别。他的身影消失在黑魆魆的烟霞洞里。

浑沌一路想着梅真，穿过草丛树林。牧羊姑娘竟是著名的女巫，实在叫他吃惊！关于女巫梅真的故事，一幕幕浮现在浑沌脑海里……

提起巫婆，谁都会想起一个干瘪瘪的老太婆——可怕不可怕先甭说，一定丑死了！可是女巫梅真却美丽端庄，犹如一尊观音菩萨。人们都说她长得雪一样白，两片嘴唇红艳艳的，笑起来仿佛摇响魔铃，男人听见就会触电似的一颤！刹那间，天地显现一片光辉，梅真驾着五彩祥云冉冉上升……

长长的夏夜啊，浑沌坐在村口石板桥听老人们讲故事，睡了一觉又一觉，人们还没散去。有什么事情比山村的夏夜更美好呢？熏蚊子的山艾香得醉人，河边的萤火虫像欢乐的精灵飘舞。连绵的山峰衬着发蓝的夜空，勾出迷人的形象，令人忽发奇想。女巫梅真的故事可以编成一只花环，沉寂的乡村因此闪出奇异的光彩。

很早以前，梅真是村里的妇女干部。一场声势浩大的运动爆发，她带领许多造反的少年人，砸土地庙，毁道观，闹得大青山沸沸扬扬！她妈踮着小脚在后面追，却怎么也无法把她拽回家。

山里有一个麻姑洞，传说仙女麻姑就在洞中修炼。得道后，她在升天台成仙，白日里飘飘然飞天而去。那山洞中供奉着一尊麻姑石像，梅真手提一柄铁锤，独自闯洞，要砸碎麻姑像。许久，洞里忽然传出梅真一声尖叫！谁也不知道发生了什么。人们把梅真抬出来，她双目紧闭，人事不省。

据说，梅真昏睡了七七四十九天。醒来，她统统不记得过去的事情，却与灵界取得联系。麻姑把造反头头变成了一个女巫！

山村里有许多怪事，梅真的故事说也说不完。某年某日，一个姑娘疯了，说话全是她死去多年的爷爷的声音。梅真去了，口念咒语，挥起桃枝抽打疯姑娘。那姑娘发出吱吱的叫声，上下蹦跳如兽。当姑娘扑地晕倒时，人们眼睁睁看见烟囱里钻出一只黄鼠狼，顺屋脊惶惶逃遁……

知道起尸吗？人死了，还会行动，这样的事据说也发生过。那一年，某村老村长脑溢血去世，尸体停在东屋地下。夜里下暴雨，梅真养的黑猫钻进来，湿漉漉的身体擦着老村长的头发一跃，天哪！老书记慢慢地坐起来啦！全家人鬼哭狼嚎，跑去给梅真叩头。梅真抚摸着怀里的大黑猫，拖长音调训道：下辈子不许再作恶啦——

据说，家中的尸体连连点头。梅真哼一声：饶你。尸体便咕咚倒下……

浑沌用心地听这些故事。他脑子里好像有把小刀，将故事每一细节刻在记忆的屏幕上。这小孩怪，天生喜爱神秘的东西。

梅真的徒弟是一个驼子。人们都说老驼子中了女巫的邪术，把魂儿收去了。他可不是一般的驼，从腰际到颈椎抛出一道弧线，把人做成个半圆；若将他放倒，脊背着地，他一定前后摇摆不停，就像玩具木马。说来真是奇迹，这么个驼子，竟会骑自行车！他先推着车子猛跑，突然整个人一翻，便滚球似的滚上车座。天生流线型，他总是把车子蹬得飞快！

这么个人物竟做了女巫梅真的徒弟。梅真上神，他在一旁躬腰伺候；梅真上谁家驱妖捉鬼，他跟在后面捧桃枝；夜里，梅真功课完毕，他就为她捶腰捏腿，端洗脚水。梅真名气很大，整个大青山区都有人请她做法事。老驼子的骑车功夫就用上啦，东跑西颠为她当联络员。

老实说，这样一个驼子骑在车上深更半夜瞎窜，真像个魔鬼的使者。人们先听见他破自行车吭唧吭唧的声音，接着，他从黑暗中一跃而出。他像一只蜘蛛跳跃，驼背垫着车座骨碌一滚，人便骑在车梁上。他站着骑车，仿佛赛马的骑手。魔鬼的使者出动了，又要干什么勾当？哦，他身后跟着一大群蝙蝠，吱吱叫唤，黑压压的翅膀扇起一股阴风。驼子、蝙蝠、破自行车都消失在沉沉黑夜中……

雨后，山里会长出许多蘑菇。农民把蘑菇叫作"窝"，这只是发音，谁知道这个字怎么写呢？最多的是黏窝，女孩子成群结队上山，一早晨能捡一大篓。还有一种腊窝，样子极艳美，却是有毒，吃不得。它们像一个个小妖精，立在松树下阴湿处，诱惑人们去摘采。

老驼子也来捡窝。他总是独自一人上山，挎着篓子，急急地走。他两只眼睛翻白，凸长寸许，仿佛蜗牛伸出一对触角。他行蹀诡动，避开路人，钻进最深最密的松林里。等他出来时，篓子里就盛满了有毒的腊窝。他要把腊窝蒸给女巫吃。

老人们都说梅真邪气，专门吃腊窝。她不中毒，反而越长越漂亮。就像妖怪吃死小孩一样，梅真做这种事情更引起别人非议。这且不说，好事者爬到梅真家后窗台上，窥视屋里，看到如此情景——

老驼子吃力地摆好小炕桌，倒上一杯酒。梅真跪着，嘴已张大，呵呵地喘息，眼睛闪出绿光。老驼子端上一盘冒着热气的腊窝，梅真迫不及待地吃起来，样子像一只母狼。老驼子可怜巴巴地站在炕前，从驼峰下昂起脑袋，喉咙里发出小狗呜咽的声音。

吃过毒蘑菇，仿佛喝醉酒，梅真的身子慢慢地软了，斜倚在被褥上。她脸上泛起桃花色红晕，变得异常美丽。乌发纷纷垂落，衣襟缓缓宽懈，两只眼睛透出迷醉的神采。她盯住老驼子看，长长地打个哈欠，满屋飘荡起奇异的香气。老驼子着了魔，腿一软，跪倒在炕前。

梅真厉声尖叫：妖孽啊，我要捉你归西天！她不知从哪抽出一根桃枝，摇摇晃晃下炕来。老驼子竟哆哆嗦嗦脱下衣服来，梅真挥起桃枝，狠抽他怪异的驼背。老驼子犹如一只陀螺，滴溜溜地旋转，手脚痉挛作鸡爪状，像一只学啼的小公鸡尖叫！

最后，老驼子瘫在地下奄奄一息。梅真好像酒醒了，用手巾沾温水擦他鲜血淋淋的脊背……

女巫梅真是处女。她有法力，叫人们敬畏，她的美丽便有了神圣的威严。夜深了，气氛变得怪异。秦湾上空浮显一片光华，绿莹莹镶着蓝边。萤火虫一群群从上空飞过，急急飞往秦湾。女巫梅真在洗澡，用法术招来萤火虫照亮。没人胆敢去偷看。男人们只是沉默地抽着旱烟，竭力想象水面上一团团萤火虫，水底下美丽的梅真……

这种事情谈多了，人人有些毛骨悚然。夏夜令人难忘。夏夜弥漫着一种阴美，朦胧而刻骨。

浑沌回忆着儿时听说的故事，不知不觉来到一座山峰。他低头一看，熟悉的山坳，熟悉的草坪，熟悉的羊群，牧羊姑娘忽然出现在眼前！

她正坐在溪边，头上戴着野菊编成的花冠，托着桃腮想心事呢。月亮升起来了，月光如水，洗净山谷草坪。小溪哗哗奔流，波浪跳跃，带走一湾碎月亮。小羊羔跑过来，低头饮水，又抬头望月，发出稚嫩的咩咩声……

　　浑沌不由自主走下山，双腿像上了发条，径直走向草坪。他忘记了女巫梅真，在他眼里，永远只有牧羊姑娘。

22

　　小狗宝儿仿佛着了魔，四下奔跑，狂吠不已。响亮的狗叫声划破夜空，在山谷间引起串串回声。但是，羊群不受它的惊扰，依然从容地啃着草。月光下，羊毛泛出奇异的颜色，仿佛黑白兼容了。

　　牧羊姑娘抬起头，看着步步走近的浑沌微笑，仿佛一对老朋友，重复着多次的约会。

　　浑沌站在姑娘面前，清晰地感受到她的呼吸。他忽然想起自己没有采一捧杜鹃花给她，十分后悔。但看见她头上戴着的野菊花冠，便又坦然了，这时节，菊花不是更美吗？

　　他真诚地说了一声：你好！

姑娘显得率性，偏着头笑：你知道我是谁吗？

浑沌摇摇头，又点点头。

牧羊姑娘牵着浑沌的手，请他回家。土台子后边有一道深沟，顺沟前行拐到山脚后面，有一座树枝搭建的草棚子，这就是牧羊姑娘的家了。她拿出各种自制点心，味道极美，让浑沌饱餐一顿。浑沌看看干草铺的床，树桩做的桌子，又看看草棚外三块石头立的灶，好奇心泉水似的喷涌。

牧羊女看透他的心思，脸上浮出笑靥：你想问什么，只管问。

浑沌傻傻地咧开嘴，有些不好意思。他指着尾随而来的小羊羔道：我从来没见过谁在夜里放羊，羊晚上要睡觉的。

姑娘把探头探脑的小羊羔抱在怀里：你没听说过一句老话？马无夜草不肥。

浑沌疑惑地说：羊不是马，怎么会吃夜草呢？除非是女巫梅真养的羊……

有人说三道四了吧？她乜斜着凤眼瞅浑沌，你相信吗？

浑沌实在无法把面前这个小姑娘，跟女巫梅真联系在一起。他便将烟霞洞的经历讲给她听，并且把自小听说的关于女巫梅真的故事统统倒出来……

牧羊姑娘含笑不语。她轻轻吻了小羊羔一下，浑沌嘴唇一烫，仿佛吻了自己一下！

你说的这些，只有一点是确切的——我得了失忆症。我是谁，这并不重要，因为我也搞不清自己的身份。老道长说我是女巫梅真，太白顶的弘法大师说我是何仙姑。你知道吗？八仙过海就是从大青山出发，飞到崆峒群岛那边去的。其中有个手提花篮的何仙姑，就是我呢！你信吗？

还有，外面的土台子你看见了吗？那是升天台，传说麻姑白日升天，就是踩着土台子飞上去的。因此很多人说，我是麻姑下凡，在舍不得升天的地方！你信吗？

有一天，一个瞎眼老妈妈找到我，非要我跟她回家。她说我是她女儿，住在遥远的草原，外出放羊再没有回来。老妈妈一路哭啊，一路找啊，把眼睛都哭瞎了，才找到大青山，找到我……我不知道我是谁，可我宁愿相信，我就是老妈妈的女儿！我陪她哭啊哭啊，恨不得把自己的眼睛也哭瞎了！你信吗？

牧羊姑娘的泪珠纷纷落下，晶莹如水晶。浑沌眼眶也湿润了，心渐渐地融化。他感觉自己的心像一团蜜，泡在水里慢慢化开，甜味又绵又长……

话题一转，姑娘指着浑沌的围棋说：你爱下围棋，是吧？我晓得你，一片痴心都在棋上。可惜啊，你找老道长学棋，不一定找对人。

道长是世外高人啊，我好不容易才找到他……

牧羊姑娘递给他一碗新挤的羊奶，一边看他喝，一边淡然笑道：能让世人认出来，也就高不到哪里去了。

浑沌心中受到触动，试探着问：你也懂棋？

姑娘抿嘴一笑：略懂一二吧。

浑沌揉揉眼睛站起来，觉得牧羊姑娘陡生一圈光环！他急忙解下包袱，取出师父的围棋：咱俩下一盘，手谈，手谈……

姑娘按住他的手，说：我不下棋，只是看棋。

那，你带上我，上哪儿去看棋？

来吧。我看的围棋，不需棋盘棋子，只要一颗聪慧纯净的心！

牧羊姑娘领浑沌走出草棚，绕过土台，又来到草坪。羊群已经歇憩，一团团白毛球散落在草地上。她拉着他的手，并排躺下，青草的芬芳和着姑娘的气息，熏得浑沌酒醉似的晕眩。他闭上眼睛，只听见自己的心脏怦怦跳，血液全涌到头顶上……

你睁开眼睛，看天空——姑娘在他耳畔轻轻说。

浑沌慢慢地睁大眼睛，满天星斗顿时扑进眼帘！他的血脉舒张开来，灵魂与茫茫夜空融为一体。

你看，这星星不是棋子吗？天，就是宏伟的棋盘。你用心体会，一局最精彩的对弈就会呈现在你的面前……

秋夜高爽，万里无云。星星大如宝石，小如珍珠，晶莹剔透，烁烁闪耀。它们是活的，有着活泼泼的生命！仿佛神仙对弈，每一颗星星都是他们置放的棋子。星与星之间互相关联，结构匀称，且千变万化，蕴藏着难言的奥秘！

浑沌顿悟。脑海里白光一闪，他仿佛天眼打开，立即看懂了天空中的围棋！

哦，这就是我要找的"天局"，浑沌对自己说。他忘记了牧羊姑娘，忘记了世上的一切，全身心沉浸在伟大而辉煌的对局之中！

浑沌一觉醒来，朝阳已经普照山林。万道金光射得他睁不开眼睛，两只手不住摩擦面颊。突然，他想起牧羊姑娘，环顾四周，却不见她的踪影！

人呢？羊呢？都去哪里了？浑沌看看身旁，昨夜她躺着的地方，放着一个野菊花环。浑沌捡起来，知道是牧羊姑娘留给他做念想的。朵朵菊花溢出难以觉察的幽香。浑沌把花环置于鼻尖下，让香气更清晰更确切……

绕过土台，顺沟前行，浑沌寻到姑娘的草棚子。干草铺床，树桩当桌，一切照旧，连他喝剩的羊奶碗都在。可是，牧羊姑娘的倩影再也见不着了！浑沌鼻子一酸，泪水就满了眼眶。他在心里喊：你到哪里去了？别把我丢下啊……

离开草棚，浑沌和小狗在灶前站住。三块石头留着烧火的黑痕，锅子却没了，想必是姑娘带走远行了吧？浑沌叹息：宝儿啊，你真是一条傻狗！你就不能看住羊群？你就不能带我去找她？

小狗一脸惭愧，夹着尾巴头里带路，离开了草棚子。

23

从草坪出来，翻过两道山梁，就看见岳家滩了。浑沌仿佛离开仙境回到人间，有满肚子话要对好朋友岳天一说。他大步流星走下后山小道。

浑沌进村，已经晌歪了（大青山方言，中午叫晌，过午叫晌歪）。岳天一的海草小屋锁着门，不知人跑哪儿去了。浑沌无奈，只能坐在门口一块废弃的石磨上，两手托腮望着海浪发呆。这些天的遭遇，使他意外而又惊喜，心潮如海，澎湃不已。他坚信，自己见识到师父所说的在大青山隐藏着的世外高人了。这一切，岳天一会相信吗？能理解吗？

一只大黑猫从门口走过，扭过肥硕的脑袋懒洋洋叫一声：喵——呜——宝儿兴奋地蹿上前，汪汪直叫。原来是大嫚家的老黑，糊涂小狗见着老情人啦！它朝黑猫一扑一扑，大黑却绝情依旧，转身挥爪，给它来了一个下马威！

　　大嫚跟着大黑出现了。她一扭一扭来到浑沌面前，不计前嫌，笑得热情洋溢。浑沌慌忙站起来，有些不好意思。大嫚告诉他，岳天一喝喜酒去了。老支书的儿子——也是岳天一的堂兄——今天结婚，他要帮大伯陪客人。

　　大嫚自告奋勇要去找岳天一，浑沌阻拦：别，这可是喝喜酒啊，叫他喝吧。

　　大嫚一心要为浑沌做事，执意道：都这时候了，喜酒也喝得差不多了，我再不去叫他，就该被人灌醉了！

　　黑猫跟着大嫚走了。小狗宝儿也要去，被浑沌吆喝回来。狗追求猫，实在扯淡！浑沌拿起抓筢，把院子里的乱草搂成一堆，又拔掉窗下的野蒿子，等待岳天一归来。

　　岳天一果然喝高了，大嫚扶着他，东倒西歪地回家。浑沌从他口袋里摸出钥匙，一边开房门，一边讲述这段日子自己的经历。

　　岳天一哇的一声，张开大口吐了一地。浑沌抱他到炕上躺下，大嫚烧热水给他洗脸。岳天一挥着手说：没事没事，我脑子清楚呢。你说的那个、那个元洁……我认识她，去北京比赛时，她还给我下过指导棋呢，那是女中豪豪豪杰……

浑沌又对他讲起寻找斧子的中年汉子。大嫂正用热毛巾给他擦嘴，他一把推开毛巾，眼睛瞪得滚圆：你说什么？一个男人找斧子？喂，你不是在给我讲烂柯吧？那可是围棋史上著名的故事啊！

浑沌很吃惊，不住摇头：什么叫烂棵？我不懂……

哎呀，柯，就是斧头！

岳天一来了精神，戴上眼镜给浑沌讲故事。古代有一个叫王哲的樵夫，上山砍柴，遇见两位仙人下围棋，他就在一旁看。这个樵夫也许是资深棋粉，看得太入迷了，忘记砍柴，还把斧子丢了！傍晚，神仙们离去，他探头探脑四下找斧子。等他找到那吃饭的家什，斧柄已经朽烂，斧头也锈成一块烂铁疙瘩！最离奇的是，回到村里，竟无一人认识他，时间早已过去了好几代……

浑沌的眼睛都直了：为什么？怎么会这样？

岳天一一拍大腿：神仙的时空和咱们不一样啊！有一句老话说，天上方一日，地下几千年。王哲身处神仙时空，看了一下午的棋，那还不得几百年光阴过去？

浑沌点头，严肃说道：你说的完全正确。我们也找到斧子了，那斧子也成了烂铁疙瘩，我亲眼看见的！

岳天一推他一把：去你的吧，你还拿神话当真事呢！怎么可能？

一阵酒涌上来，岳天一趴在炕前又吐了一通。浑沌帮着大嫚打扫、擦洗，好歹把岳天一安顿躺下。

大嫚朝浑沌使眼色：你就别跟他说了，先让他睡一觉吧。

可浑沌听说烂柯的故事，实在按捺不住惊讶之心，盘腿坐在岳天一枕边，又讲起寻访老道长，在烟霞观做客的经过。

当他讲到偷看七道人练功，阵势对应北斗七星时，岳天一忽地坐起，又摸索着戴上眼镜：等等，你知道自己在说什么吗？如果你说的是真话，那么七个道士就是全真七子啦！

啥全真七子？你学问大，快快告诉我吧！浑沌急出汗来了。

岳天一说起王重阳开创道教全真派，在胶东半岛收了七个徒弟的故事。又讲师父过世后，丘处机与师兄弟在烟霞洞修道。没错，就是大青山的烟霞洞！大功告成之后，丘处机只身西行，蒙古大汗、一代天骄成吉思汗，拜他为国师，号长春真人……

丘处机教你下棋，还手谈？哈哈，究竟是你醉了还是我醉了？

浑沌急得发誓：我讲的全是真事，撒一句谎天打雷轰！

还没等浑沌把话说完，岳天一轰然倒下。这回他再没醒过来，鼾声如雷，直到天黑。大嫂嘱咐浑沌照顾岳天一，自己领着大黑离开海带草小屋。

浑沌憋不住满肚子的话，又伏在岳天一枕边讲述女巫梅真的故事。当他说到自己与牧羊姑娘躺在草坪上，把满天的星星当作围棋，仔细领悟"天局"时，岳天一咧嘴笑起来：扯，你就使劲儿扯吧……

然后他一翻身，接着打呼噜。浑沌搞不清他到底是睡着还是醒了，只得按自己的思路往下讲。熬到半夜，浑沌自己也困了，倒在岳天一身旁沉沉睡去。

不知睡了多久，浑沌被岳天一推醒。他已经点亮罩子灯，摆好棋盘棋子，一脸严肃地说：起来，我们下一盘棋。

浑沌揉着眼睛道：深更半夜下什么棋？天亮再说吧。

你说的话，必须通过下棋证实。

为什么？

岳天一探过头来，神秘兮兮地俯在浑沌耳边低语：我做了奇怪的梦，我变成了你，我就是浑沌！我与牧羊姑娘并肩躺在草地上，她可真漂亮。我和道长坐在云端谈"天局"，谈人生……你说的一切，我都看见了！现在我很愿意相信你的话，不过，我还要用围棋验证一下——如果你真的经历了那些事，你的棋必然长了，对不对？

浑沌一拍额头，对呀，他也需要通过一盘棋证明自己呢！于是，他抖擞精神，与岳天一大战起来。结果，浑沌自己也非常吃惊，他的棋艺大进，岳天一竟然不是对手了！

岳天一看看棋盘，又抬头看看浑沌，这棋，真的有仙气吧！

浑沌不敢相信：别哄我，你仔细分析一下……

不用啰唆，我信了！岳天一一拍炕桌，罩子灯差点倒了，走，我们进大青山！你领我去拜访烟霞洞，寻找牧羊姑娘，还有烂柯汉子……

东方破晓，两个年轻人兴奋地穿过村庄，踏上探秘之旅。

24

浑沌与岳天一爬上北山小路。深秋风劲，树林层层变色，或红或黄或紫，染得山野一片绚烂。

浑沌非常开心，岳天一相信他的话，可以开始一段新生活啦！他们甚至商量，在大青山选一个地方，搭一间草屋，像牧羊女一样过日子。岳天一说，他口袋里装着父母寄来的钞票和粮票，搭好茅草屋，到海阳集上买粮食吃就行。浑沌建议，最好买一只母羊，繁殖一群小羊羔，像牧羊姑娘那样放牧流浪。闲时，他们可以与烟霞洞的道士下棋，还可以寻找更隐蔽的世外高人！

他们又说到"天局"。岳天一与浑沌看法不同，虽然星空也可以理解为"天局"，但他更倾向于老道长的说法："天局"在某个人的心中，是一盘尚未下出来的棋。那么，此人必是未来的棋圣！岳天一挥舞着手臂感叹：那是一局多么伟大、多么辉煌的棋啊！我若有缘亲眼目睹，真是三生有幸了……

浑沌问：我师父的话，你全都相信了吧？

岳天一神情坚定：当然全信，只要探明大青山的秘密，我们的围棋就能达到更高境界！

浑沌高兴地拍他肩膀：我的老伙计，咱俩总算一条心了！

说着，他们就来到山岔口。浑沌知道这一带容易迷路，仔细搜寻，不一会儿就找到了刮过树皮的白茬。他告诉岳天一，这是他追寻牧羊姑娘留下的记号，多亏他当时留了个心眼。岳天一点头，承认这也是浑沌奇遇的一个证据。

山间小路如蜘蛛网，引导他们拐来拐去。穿过一片树林，拐过一个山包，翠绿的草坪跳入眼帘！这就是牧羊姑娘的宿营地。可是谷中空无一人，也不见羊群，只有溪水潺潺流淌，群鸟在林中鸣叫。浑沌讲了早晨醒来，发现姑娘不辞而别，自己无比惆怅的心情。岳天一安慰他：也许姑娘去别处放羊，不久就会回来……

小狗宝儿很兴奋，在草地转了一圈，找到牧羊姑娘的野菊花冠，朝主人汪汪叫。浑沌捡起花冠，不舍丢弃，戴在自己头上。岳天一笑着推他一把：快走吧，去她的草棚子看看！

他们穿过草坪，登上土台子。浑沌说：在红光干校时，我还见过姑娘放羊，那边离此地有一天的路程呢，没准她又去了……

说着话，浑沌引岳天一下到土台后面的深沟。沟边长满高高的蒿草，把俩人都淹没了。一股阴风扑面而来，打着旋儿从他们头顶掠过。岳天一浑身哆嗦一下，喃喃道：我怎么有点儿害怕，心里……瘆得慌。

浑沌大咧咧开路：怕什么？到了草屋，我拿她做的点心给你吃，味道好着呢！

一会儿走出深沟，来到向阳的山坳。浑沌一看傻眼了：哪里有草棚呀？杂草丛中只有一堆朽烂发黑的松树枝！不对呀，浑沌喃喃道，她的家明明在这里……

浑沌转圈四处搜寻，紧张得出汗。岳天一此时冷静下来，试探着问：你记错地方了吧？毕竟黑灯瞎火的，你看不清楚呀……

浑沌忽然发现地下有三块石头，那不是石灶吗？他指着石头对岳天一道：你瞧，石块都被烟火烤黑了！我明明看见石灶就在草棚外面，怎么会错呢？

岳天一却越发怀疑：你会不会产生了错觉？

浑沌急了，摘下野菊花冠递到岳天一面前：你看你看！这是她的东西，戴在她的头上，怎么会错呢？

这个，不能算证据，你自己也可以采野花编一个嘛！

浑沌不跟他辩论，他钻进草丛，试图扒拉那堆松树枝。猛地一声响动，不知打哪儿蹿出一只狐狸，嗖嗖地跑了！岳天一吓得惊叫一声，浑沌也瞠目结舌。那狐狸个儿很大，火红的尾巴竖起来，像一团火焰在草丛中跳跃。它蹿过蒿子草，沿着深沟边沿飞奔！

两个年轻人都惊出一身冷汗，跟在狐狸后面追，哪里还追得上啊？火狐狸跑上土台子，纵身一跃，跳到巨石顶上。它站住，回眸一瞅，尖尖的脸上似乎露出了笑容。岳天一捅捅浑沌腰眼：瞧啊，它笑了！它在对你笑呢！

浑沌心头涌上一阵悲情，踉踉跄跄走上土台：你别走，不管你是谁，不管你是啥东西，别走哇……

一阵秋风吹过，巨石上不见了狐狸的踪影，只有初升的太阳，洒下一片红光。

浑沌与岳天一沿着西边的小路往山上走。谁都不说一句话，大青山的神秘使他们内心惶恐。岳天一认为，浑沌的遭遇说不上真，也说不上假，却让人领略了聊斋故事中的神奇和诡异。

去南天门的道路很远。翻过一座山梁，二人坐下歇息。岳天一嚼着浑沌剩下的煮地瓜，自言自语道：全真七子总不会失踪吧？你在烟霞洞看见的，可是整整一座道观哪！

浑沌忽地站起来，打着眼棚往远处看。咦，他又来了！浑沌嘀咕道，对面山坡有一个汉子，低着头寻找什么东西……难道他还在找斧子？

岳天一闻声跃起，目光四下搜寻：哪里？哪里？

浑沌有点泄气：刚才我还看见他呢，钻进一片桲椤墩子里，怎么就不见了？

岳天一说：见着人就好办，我们早晚找到他，一问就清楚了！

接着，他们继续往南天门行进。烟霞洞到了。

这是一个不大的山洞，洞口处只容一人进出，洞内黑乎乎的。岳天一胆小，让浑沌先进。进去之后，浑沌又是吃了一惊！洞内如一小厅，不过百八十平方米，周圈净是岩壁，根本没有石门。浑沌到处摸索，试图找到机关。他急得双拳捶打，山岩却没有丝毫动静。后院呢？道观呢？寝室呢？一切尽是乌有！

浑沌退出山洞，怀疑自己找错了地方。可是洞旁恰恰有一石碑，虽经风雨剥蚀，却能看清刻着三个大字：烟霞洞！

岳天一敲敲石碑说：就是这里了，根本没有道观。

不大一会儿，浑沌自己也发现了真相。烟霞洞外长着一片古松，仔细数数，正好七棵。其中一棵松树叫他想起年轻道士，咧着大嘴老朝他笑。瞧，这棵俊朗挺拔的青松，树干上一道弯弯的大疤，恰似一张大嘴；上面又有两只圆圆的小疤，酷似瞪圆的眼睛——浑沌一下子认出他来！

最老的古松几抱粗，叫雷劈过，一半枝干枯死，另一半枝干却向着太阳伸展，欣欣向荣。浑沌眼睛渐渐湿润了，他看见了老道长正在云端，朝他微笑呢……

离开烟霞洞，岳天一有了明确的结论：浑沌棋痴名不虚传，所有一切皆出于他的幻想！或者可以说，他在大青山两天的经历，是一场梦游。浑沌很委屈，却拿不出证据反驳他。况且，他也知道自己的毛病，在红光干校时，他不是还跟土地老爷、土地奶奶下过围棋吗？

浑沌闷头快走，刚才还看见寻找斧头的中年汉子呢，找到他是弄清事实的最后机会了！从南天门下来，沿小溪走，又爬了几里山坡，他们终于来到棋盘石。

就是这里了，不会错。与砍柴的汉子分手，浑沌独自坐在棋盘石上，思考许久。岳天一在石硼上跺跺脚，又蹲下抚摸着棋盘石，喃喃道：真像棋盘哩，两个老神仙就是在这里下棋的？

浑沌在路旁草丛中转悠。忽然，他眼睛一亮，小路上嘚嘚嘚走来一头驴子，骑在驴背上的正是那个樵夫！他下巴上依然长着稀稀落落的黄胡子，眼睛依然烁烁闪亮，明确无误就是他！浑沌朝中年汉子喂了一声，他却装作不认识浑沌，赶着毛驴子急急走过。

浑沌跺脚去追，喊道：嗨，你站下！

驴子走得更急了。中年汉子回头瞧浑沌，眼神甚是恐慌。岳天一说：别吓着人家。你在棋盘石这儿等着，我去问他实话。

岳天一抄小路斜插到半山腰，截住了骑驴的汉子。那汉子似乎惊魂未定，手指棋盘石说：你的伙计是个神经病！

岳天一让他慢慢说，他深深吸一口气，才道出原委。这中年汉子不是什么樵夫，他做运输花生饼的生意，赶着驴子往来于这条山路。最近，他几次看见浑沌，总是独自立在棋盘石上，仰面朝天，一动也不动。有时，浑沌徘徊于山谷草坪，手托下颌，斜视溪水，手持一根树枝作赶羊状。山路僻静，汉子恐遭不测，每每赶驴都快步跑过……

岳天一什么都明白了，告别中年汉子，缓缓地走向棋盘石。可是，他真的明白了吗？什么是事实真相？谁的话能做真相凭据？就在岳天一回头一望之际，他的认知又被彻底颠覆了！他看见这样一幕情景——

那中年汉子化身为一位老者，倒骑着毛驴，不疾不徐走下山坡。老者好生面熟啊，正捋着胡子朝他诡异地微笑。岳天一心头一震，他倒骑毛驴！那不正是连环画中的人物、八仙过海之张果老吗？

岳天一拍拍脑门，感觉自己彻底糊涂了！是啊，大青山神秘的雾霭，将一切真相都遮掩起来，迷迷蒙蒙，亦真亦幻。海市蜃楼无处不在，谁又能真的摆脱梦境呢？……

25

岳天一跟着浑沌来到西庄做客。他们闭口不谈浑沌在大青山的奇遇。谈有何益？就作为一桩秘密悄悄地埋藏在心底吧。

西庄盛产柿子，沿北沟进村，道路两旁站着合抱粗的老柿树。柿子树叶宽大肥厚，一片一片如小船，霜打后泛出紫红色，片片飘落。留下一只只大柿子挂在枝头，黄里透红，色泽鲜亮，恰如勾人食欲的大红灯笼，高高挂起。

其实，这样的柿子不能吃，生涩至极。要把它们摘下来放在缸里，熟透变软，叫作柿哄（音）。柿哄的皮纸一样薄，咬破后一包汁，吸入口中，甜美到头晕。浑沌虽然语言笨拙，但他的描绘还是把岳天一馋得不行。岳天一一路仰着头看那些红灯笼，颈子都酸透了。

岳天一的到来，在西庄引起很大的震动。之前，关于浑沌招工交友的事情，引起纷纷扬扬的议论，结果连影子都没有。这回来了真人，终于满足了西庄乡亲们的好奇心。嚯，是上海人，还戴着眼镜！浑沌没有吹牛，跟这样的人交朋友也算出息了！

小孩子们跟在他俩屁股后面哄哄，这回不是学浑沌走路，而是对岳天一的眼镜大感兴趣。在浑沌的努力劝说下，岳天一不得不一次次摘下眼镜，让孩子们戴着看太阳。他们发出与浑沌一样的喊叫：吡，地一扯扯的！一扯扯呀……

晃荡大妈最起劲，带着几位妇女大扫除，把浑沌的老屋里里外外扫遍擦遍，干净到浑沌都不相信自己的眼睛。

翠枝回娘家探亲，抱着儿子也来串门。她帮浑沌擀了一锅面条，还用海阳镇带来的蛤开了海鲜芸豆卤。

岳天一一边喝面条，一边感叹：你家乡的人真是热情啊！

浑沌内心受到挫伤，只字不提神游的日子。他表面上仿佛挺平静，眼神里却透露出忧郁。岳天一帮他刨地瓜，两个人在西山坡忙活一个上午，把地瓜全收了回来。

浑沌往筐里捡着鲜红的地瓜，把地瓜蔓一捆捆挑回家，干得很起劲。岳天一用时兴的语言对他说：棋要下，日子也要过，革命生产两不误嘛，你说对吧？浑沌使劲地点头。

岳天一帮他把地瓜藏在窖子里，进一步劝说：以后下棋，就咱两个人下，你别再东跑西跑了。搞不好，会有危险的！浑沌很听话，眯着眼睛只是点头，一副从善如流的样子。

浑沌似乎真有痛改前非之意，他带着岳天一去看望管事的老爷爷，竟然主动说：爷，这次回来，我就不出去瞎跑了。有什么活儿可以让我干的，您老人家只管吩咐！老爷爷不动声色，睿智的目光凝视他许久。

老爷爷请岳天一吃饭，隆重地向他敬酒。他对岳天一寄有重托，把浑沌改邪归正的希望，全放在这位眼镜朋友的身上。岳天一诚惶诚恐，一边干杯一边拍胸脯，保证带领自己的棋友兼兄弟走上正道。

酒至半酣，岳天一心生一计，凑近老爷爷说：我们村有一个好闺女，看上浑沌哩，她妈还想让浑沌做倒插门女婿。可是浑沌不愿意，你看这事……

好事！老爷爷拍腿叫道。他转过身，严肃地瞪着浑沌：你为什么不愿意？看不上人家闺女？

浑沌低着头，脸涨得通红，闷声闷气说：她叫大嫚，人挺好的，我，我……

老爷爷眼一瞪：我什么我，还不赶快准备一份厚礼，把这门亲事定下！

他又端起酒杯，拜托岳天一费心，促成这门亲事，一举解决浑沌的生活问题！老爷爷的心，一直牵挂着这位棋痴孙子呢。

岳天一很有成就感，自己小小年纪，倒做成功一桩大媒！他知道大嫚一家的心思，老爷爷拍板，浑沌同意，亲事就八九不离十啦！天一兴奋过头，喝得酩酊大醉，由浑沌背回家去。一路上，他醉话连篇：好了好了，咱俩终于能做伴下棋了，你终于能帮我下地干活了……

他不晓得，浑沌背着他泪水涟涟，心底的伤处又渗出血丝……

浑沌找到媳妇的消息，再一次震动西庄。这位眼镜朋友法力通天，浑沌这回是遇上贵人了！翠枝抱着儿子来串门，还特意证实一番。最后，她哦了一声，说：你能走出这一步，日子就有得过了。我真心祝福你啊！

她脸上挂着祝福的笑容，眼睛里却藏着一丝丝幽怨。是啊，早知今日，何必当初呢！

岳天一临走那天，浑沌送了又送。他们先到师父墓前，祭奠一番。岳天一在墓碑前跪下，说：浑沌是我的好兄弟，你是他的师父，也是我的师父。感谢你培养出一名围棋高手，与我结伴同行。

他磕了三个头，与浑沌走进北沟。翻过一道又一道山梁，岳天一再三催促浑沌回去。浑沌握着岳天一的手，久久不放，嘴角咧了几咧，忽然哭了起来！

他哭得很厉害，哇哇的号啕声在山谷间回荡。岳天一慌了起来，搂着他脖颈，拍着他脊梁问：你怎么了？怎么了？

浑沌什么也不说，但岳天一明白，他不甘心于过平庸的日子，心里依然惦记着"天局"！浑沌的心气比天高，他纯粹为围棋而生，岳天一自愧弗如。

岳天一抱着浑沌，说出埋藏在心底已久的话：我理解你，兄弟。你是一棵巨大的树，把根扎在泥土深处，拼命汲取养分；把枝干伸向天空，拼命吸收阳光雨露。你和师父下棋，和我下棋，和元洁夫妇下棋，把围棋的精髓全吸收了去！这还不够，你师法天地自然，跟老道长、女巫梅真学棋。那不是幻觉，是你把自己融入宇宙中去了！你不是痴，是追求极致。总有一天，你的围棋能达到极致境界——天晓得你会下出怎样的棋来！

浑沌一下子平静了。他认可岳天一的话，认岳天一为知己。秋风吹干浑沌脸上的泪水，一双眸子水潭似的幽深。

是的，浑沌说，我就是想下一盘惊天动地的棋!

岳天一往山下走去，许久，他回头望望，浑沌仍伫立在岩石上……

26

日子一天天过下去。大嫚答应了与浑沌的亲事，定下春节后结婚。腊月里，浑沌把一切准备妥当，要到岳天一的小屋过年。

翠枝的父亲想买浑沌家老房子，过小年那天一大早过来商量，浑沌却不舍得卖。老头说：反正你是岳家滩的人了，这房子挨着我家，我买下方便经管。浑沌着急走，推说回头再商量。可老头纠缠不放，非要讨个准信。浑沌只能抹下脸，说老屋不能卖，这里是爹妈生他养他的地方，留下房子做个念想。翠枝父亲也是通情达理的人，话说到这份儿上就算了。浑沌锁上院子门，唤着小狗宝儿，就要赶路去岳家滩。

翠枝的父亲忽然肚子疼，倒在自家门口满地打滚。翠枝妈慌了手脚，大声召唤来人帮忙。浑沌见此情形怎能甩手离去？他赶忙找来一辆架子车，把老头儿拉到海阳镇医院。

事情还算顺当，医生给老人打了针，腹疼就止住了。检查结果也没啥大问题，浑沌就放心了。照理说，翠枝嫁在海阳镇，老头应该在闺女家住几天，也好让病情彻底稳定。可是老头偏偏不肯，因为他跟铁匠女婿不和，两人喝酒时争过嘴。老人家倔得很，翠枝流着泪也劝不听，非要跟着浑沌回西庄。浑沌无奈，只好又拉着架子车，把老头儿送回家里。

乡间有一句俗语：起了个大早，赶了个晚集。浑沌就是这情况，一早就想去岳家滩，三搞两搞，什么都耽误了。当他背着猪头离开西庄时，已是夕阳西下。

天空飘起了雪花，浑沌穿着一身黑棉衣裤，走出不远就变白了。北风呼啸，仿佛有无数人在劝阻他：浑沌，别走！别走啊——

不，不！浑沌着急见岳天一，跟他谈心、下棋。也是大意了，去岳家滩的小路走过多少回，浑沌不怕！

仿佛千人万人拉不住，浑沌执拗而任性地投入原野。

雪越下越大，雪片团团簇簇，如浓烟翻滚。群山摇摇晃晃，如醉汉不能自持。

风雪夹裹逼得浑沌陀螺似的旋转，睁不开眼睛，满耳呼啸。天空中有隆隆声，如神灵驾车奔驰。冰河早被覆盖，隐入莽莽雪原不见踪迹。天地化作一片，无限广大，却又无限拥挤，到处潜伏着危险。

浑沌在山林中行进，渐渐迷失了方向。天已断黑，他深一脚浅一脚，在雪地里跌跌撞撞。背上的猪头冻得铁硬，一下一下拱他脊梁。老爷爷家过年杀猪，要他把猪头送给岳天一——山村习俗，亲事做成要送猪头答谢媒人。现在猪头倒变为累赘。小狗宝儿一路汪汪叫，它也害怕了……

浑沌想：要糟！手脚一软，跌坐在雪窝里。

迷糊一阵，浑沌骤醒。风雪已停，天上悬挂一弯寒冰，照得世界一片冷寂。借着月光，浑沌发现自己身处一个山坳，平整四方如棋盘。平地一侧是刀切般的悬崖，周围黑黝黝大山环绕。浑沌觉得这地方眼熟，蓦地想起，此地就是迷魂谷！

陷入迷魂谷极难脱身，更何况这样一个雪夜！浑沌心中惊慌，拔脚就走。然而身如着魔，转来转去总回到那棋盘上。他跺脚骂狗：宝儿，你不是在这儿撒过尿吗？怎么也不认路呢？真是一条傻狗！

宝儿委屈地呜咽，仿佛在辩解：雪那么厚，啥味道也嗅不着啊……

夜已深。小雪纷扬，天却更寒。浑沌快要冻作冰块，心里却还清醒：我要运动，总不能在这儿冻死！四下巡视，发现山上皆黑石，块块巨大如牛。他索性不走了，解下猪头，来回搬黑石取暖。

浑沌本来天生蛮力，偌大的石块一较劲，便贴到胸腹前。他将黑石一块块放在平地上，身子渐渐暖了。但是，他的脑子却有些懵懂，入睡似的模糊起来……

浑沌似乎转过一个山角，隐约看见亮光。他急赶几步，来到一座雅致的茅屋前。浑沌大喜：今日得救了！莽莽撞撞举拳擂门。

屋内有人应道：你来了，请！

浑沌进屋，但见迎面摆着一张大床，蚊帐遮掩，看不出床上躺着何人。浑沌稀奇：什么毛病？冬天还怕蚊子咬？

蚊帐里传来了病恹恹的声音：你把桌子搬过来，我与你下棋。

浑沌大喜，有了避风处，还捞着下棋，今晚好运气！又有几分疑惑：听口气那人认识我，却不知是谁。他把桌子搬到床前，不由得探头朝蚊帐里张望。然而蚊帐似云似锦，叫他看不透。

浑沌，你不必张望，下棋吧！

浑沌觉得羞惭，抓起一把黑子，自语道：老师高手，饶我执黑先行。

蚊帐中人并不谦让，默默等他出招。浑沌思忖良久，在右上角放下一枚黑子。

蚊帐动动，伸出一只洁白的手臂。浑沌顿觉眼前一亮！那白臂如蛇游靠近棋盘，二指夹起一白子，啪的一声脆响，落子棋盘中央。浑沌大惊：这全不是常规下法！哪有第一招下在天元位置的？

浑沌习惯看对手本相，伸长脖颈，想看看蚊帐里到底是什么人。然而眼前一片茫茫飞雪，仿佛把他罩在雪帐里，啥也看不见！

不要看，你见不到我。

声音绵绵软软，如病中吟。比女子更细弱，但又带着仙气，仿佛从高远处传来，隐隐约约，却字字清晰。这声音让浑沌感觉神秘，暗叹今夜又邂逅世外高人？浑沌抖擞精神，准备一场好战！

棋行一十六招，厮杀开始。白棋力压黑棋右下角，浑沌毅然冲断。他自恃棋力雄健，有仗可打从不放手。白棋黑棋各成两节，四条龙盘卷翻腾，沿边向左奔突。

浑沌素以快棋著称，对方更是落子如飞。师父常说浑沌棋凶而粗，蚊帐中人却快而缜密。浑沌惊愕之心有增无减，更使足十二分蛮力。白棋巧妙地逼他做活，他却又把一条白龙截断。现在谁也没有退路了，不吃对方的大龙，必死无疑！

围棋，只黑白二子，却最体现生存竞争的本质。它又不像象棋，无帅卒之分，仿佛代表天地阴阳，赤裸裸就是矛盾。一旦自己的生存受到威胁，谁不豁出命来奋起抗争呢？

此刻，右下角燃起的战火越烧越旺，厮杀极惨烈。浑沌不顾一切地揪住一条白棋，又镇又压，穷追猛打。白棋却化作涓涓细流，悄悄地在黑缝中流淌，往黑棋的右上角渗透。假如不逮住这条白龙，黑棋将全军覆没。

浑沌额上沁出一层汗珠，心中狂呼：来吧！拼吧！义无反顾地奔向命运的决战场——左上角。

第九十八手，白棋下出妙手！蚊帐中人利用角部做了一个劫，即使浑沌劫胜了，也必须连走三手才能吃净白棋。

浑沌傻眼了，这岂止是妙手？简直是鬼手！但是，浑沌没有回旋余地，只得一手一手把白棋提净。帐中人则利用这劫，吃去黑右下角，又封住一条黑龙。

现在，轮到浑沌逃龙了。可是举目一望，周围白花花一片，犹如漫天大雪铺天盖地压来。浑沌手捏一枚黑子，泥塑般呆立。一子重千钧啊！他取胜一役，但又将败于此役。只有逃出这条龙，才能使白棋无法挽回刚才的损失。

前途渺茫，出路何在？

27

　　正为难时，一阵山风扑开房门，随之飘来醉人的幽香。浑沌闻声回头，一下子呆了——牧羊姑娘站在眼前！她依旧是秋天的打扮，穿一身绿裙，系着蓝底白碎花纱巾，头上还戴着野菊花冠。她仿佛从未离去，浑沌一觉醒来，她就躺在身边草地上！

　　浑沌有一肚子话要说，有千万个问题要问。可他张口无音，吐不出一个字来。牧羊姑娘食指按在唇边：嘘——

　　她温软的小手握住浑沌的手，一股热流穿过他的心脏。浑沌头脑清醒了，周身充满能量。牧羊姑娘是来帮助自己的，明白这一点，浑沌的热血冲向脑门，阳刚之气逼得黑发霍霍竖起!

中原突围开始。浑沌在白棋大模样里辗转回旋,或刺或飞,或尖或跳,招数高妙绝非昔日水平,连他自己也惊讶不已。然而蚊帐中人水涨船高,棋艺比刚才更胜几筹。那白棋好似行云流水,潇洒自如,步步精深,招招凶狠,逼得黑棋没有喘息的机会。黑棋仿佛困在笼中的猛兽,暴跳如雷,狂撕乱咬,却咬不开白棋密密匝匝的包围圈。浑沌双目瞪圆,急汗如豆。棋盘上黑棋败色渐浓。

姑娘的手握得更紧,浑沌感觉两颗心贴在一起。忽然,浑沌脑中火花一闪,使出一招千古奇绝的手筋!招架之际,白棋露出一道缝隙,黑棋敏捷地逮住时机,硬挤出白色的包围圈。

现在,右边广阔的处女地向浑沌招手,只要安全到达右边,黑色的大龙就能成活。但是,白棋岂肯放松?旁敲侧击,步步紧逼,设下重重障碍。黑棋艰难地向右爬行。追击中,白棋截杀黑龙一条尾巴。这一损失叫浑沌心头剧痛,好像被人截去一只左脚。他咬着牙,继续向处女地进军。白棋跳跶闪烁,好像舞蹈着的精灵,任意欺凌负伤的黑龙。黑龙流着血,默默地呻吟着,以惊人的意志爬向目的地……

只要有一线生存的希望，无论忍受多少牺牲，浑沌都顽强地抓牢不放！棋盘上弥漫着沉闷的气氛。人生的不幸，似乎凝聚在这条龙身上。命运常常这样冷酷地考验人的负荷能力。

牧羊姑娘在他耳畔轻轻地说：瞧，你的老朋友来了——

烟霞洞的老道长带着师兄弟进门，全真七子使得小屋更显狭窄。那个年轻道士朝浑沌一笑，弯弯大嘴又咧到两耳根去了。浑沌禁不住和他一起笑起来……

七个道士席地而坐，手拉手结成北斗七星阵。老道长伸出右掌，嗓音低沉地叫了一声：梅真！两人目光一对，牧羊姑娘心领神会握住了道长的手。

顿时，一股排山倒海的力量，通过梅真的手，传入浑沌体内！

终于，浑沌到达了彼岸。他马上反过身，冲击白棋的薄弱处。蚊帐中人翘起食指，指尖闪耀五彩光辉。这是一种神秘的警告，浑沌定定地望着那手指，朦胧地感到许多自己从不知晓的东西。

白子叭地落在下边，威胁着刚刚逃脱厄运的黑龙。他必须止步。他必须放弃进攻，就地做活。但是，这样活是多么难受啊！那是令人窒息的压迫，你要活，就必须像狗一样趴下！

浑沌抬起头，那食指依然直竖，依然闪耀着五彩光辉。浑沌把头昂得高高，夹起一枚黑子，狠狠地打入白阵！

这是钢铁楔子，刚刚追击黑龙的白棋，将被钉在惨败的耻辱柱上。下边的白棋又跳一手，夺去黑龙的眼位，使它失去最后的生存希望。于是，好像两位立在悬崖边上的武士，各自抽出寒光闪闪的宝剑，开始一场你死我活的决斗。

牧羊姑娘吹气如兰，又在浑沌耳边说：你看，这回是谁来了？

门又开了，瘸瘸拐拐进来个老先生。浑沌定睛一看，竟是去年过世的师父！既已死，怎的又在这荒山僻野露脸？太蹊跷！紧急中，浑沌顾不得许多，连呼：师父师父，快帮我一把！

师父捻着胡子，俯身观棋。阴气沉重，压得灯火矮小如豆。那白臂翘起食指，对准罩子灯一点，火苗倏地跳起，大放光明。师父一惊，身子翻仰，模样十分狼狈。

哼哼……帐内冷笑。

浑沌心中愤愤：这局棋，一定要赢！

师父似乎知道对手不是常人，又招招手，门外进来他的同伴。先入二人羽扇纶巾，气宇轩昂，正是清代围棋集大成者：飘飘然大师范西屏，妙手盖天施襄夏。他们在当湖对弈十局，成为围棋经典：施襄夏因心力耗尽，终局时呕血而死。再进来一位，明代国手过百龄，他著的《官子谱》至今流传。宋代的围棋宗师刘仲甫，扶着挂龙头拐杖的骊山老母蹒跚而入。一千年前，他们在骊山脚下大战，只三十六招，胜负便知。直至春秋时代的弈秋进屋，围棋史上的英豪们都来齐了！

最后跟进屋的，竟是看棋丢斧子的中年樵夫……

浑沌端坐桌前。他不再猜测这些人如何来到人间，只把目光集中到那只手上。洁白如玉的手，如此超然，如此绝对，一层神圣的光环围绕着它。它仿佛一直是人、鬼、神的主宰，一直是天地万物的主宰。它是不可抗拒的，不可超越的。浑沌明白，自己是在与无法战胜的对手交战。他想赢，一定要争取胜利！

大师们皆不言语，神情庄严肃穆。浑沌的穴位被一人一指按住，或风池或太阳，或大椎或命门。霎时间灵气盈盈，人类智慧集于浑沌一身。他觉得心中生出许多棋路，更有一种力量十倍百倍地在体内澎湃！他拿起黑子，毅然投下，然后昂起头，目光灼灼，望着蚊帐里不可知的对手。

这是多么壮烈的决斗啊！围棋在此显示出慷慨悲歌的

阳刚之美：它不是温文尔雅的游戏，它是一场血肉横飞的大搏杀！

看，浑沌使出阳刚蛮力，杀得白棋惨不忍睹；蚊帐中人猛攻黑龙，一口接一口地紧气，雪白的手臂竟如此阴冷，刽子手一样扼住对手的喉咙。浑沌走每一步棋，都仿佛在叫喊：受够了！我今天才像一条汉子！

白棋却简短而瘆人地回答：你必死！

黑棋的攻势排山倒海，招招带着冲天怒气，一个复仇的英雄才会具备那样的力量！这力量如此灼热，犹如刚刚喷出火山口的岩浆，浩浩荡荡，毁灭万物。白棋置自己的阵地不顾，专心致志地扼杀黑龙。两位武士都不防卫，听任对方猛砍自己的躯体，同时更加凶恶地刺向对方的要害。

屋外响起一声琵琶，清亮悠扬。琵琶先缓后急，奏的是千古名曲《十面埋伏》。又有无数琵琶应和，嘈嘈切切，声环茅屋。

小小棋盘升起一股血气，先在屋内盘桓，积蓄势大，冲破茅屋，红殷殷直冲霄汉。天空忽然炸响焦雷，继而群雷滚滚而下，琵琶声脆音亮，激越如潮，仿佛尖利的锥子，刺透闷雷，挺头而出。两者互压互盖，反复交错，伴那一柱血光，渲染得天地轰轰烈烈。

28

蚊帐中人吃了浑沌的黑龙，浑沌霸占了先前白阵。沧海桑田，一场大转换。细棋势均，胜负全在官子上。

浑沌回头看看，列位先师耗尽真力，已是疲惫不堪。浑沌方知这场大战非自己一人所为。人、鬼、神结为一阵，齐斗那高深莫测一只手。

官子争夺亦是紧张。内行知道，官子最见棋力。那星星点点的小地方都要寸土必争，精细微妙，全在其中。《官子谱》《玄玄棋经》连珠妙招尽数用上，妙中见巧，巧中见奇。小小棋盘，竟是大千世界！

棋圣们一面绞尽脑汁，一面审度形势。范西屏丢了羽扇，先失飘然神韵，刘仲甫扯去纶巾，不见大家风采。浑沌师父挨不到桌边，前后乱窜，却被诸多大腿一绊一跌，显得猴急。骊山老母最擅计算，已知结局，扁着没牙嘴巴喃喃道：胜负半子，全在右下角那一劫上……心中着急，手上一运仙力，竟把龙头拐杖折断。

牧羊姑娘未卜先知，轻叹一声，脸上涌起愁云。

果然，官子收尽，开始了右下角的劫争。围棋创造者立下打劫规则，真是奇特之极：出现双方互相提子的局面，被提一方必须先在别处走一手棋，逼对方应了，方可提还一子。如此循环，就叫"打劫"。打劫胜负，全在双方掌握的劫材上。

浑沌的大龙死而不僵，此时成了好劫材，逼得蚊帐中人一手接一手应，直到提净为止。黑阵内的白棋残子也大肆骚乱，搅得浑沌终不得粘劫。两个人你提过去，我提回来，为半子胜负争得头破血流。

雄鸡将啼，东方天空中一颗大星雪亮雪亮。浑沌劫材已尽，蚊帐中人恰恰多他一个。大师们一齐伸长脖颈，恨不得变作棋子跳入棋盘。然而望眼欲穿，终不能替浑沌找出一个劫材！

一局好棋，眼看输在这个劫上。满桌长吁短叹，皆为半子之负嗟惜。浑沌呆若木鸡，一掬热泪滚滚而下……

列位棋祖转向浑沌，目光沉沉。浑沌黑衣黑裤，宛如一颗黑色棋子。祖师们伸手指定浑沌，神情庄严地道：你去！你做劫材！

浑沌巍巍站起。霎时屋内寂静，空气凝结。远处隐约传来狗叫，浑沌知道那是心爱的傻小狗呼唤自己。牧羊姑娘泪珠滚落白玉般的脸颊，浑沌晓得她是舍不得自己。但是他已经做出选择——

浑沌推金山，倒玉柱，长跪于地。他一腔慷慨，壮气浩然，铿锵一句，掷地有声：罢，浑沌舍了！

蚊帐中人幽幽叹息：唉……一只白臂徐徐缩回，再不复出。

29

　　小狗宝儿关键时刻并不傻。拂晓雪停，寻到出路，它跑回西庄叫起老爷爷。又急奔岳家滩，找到岳天一。

　　岳天一蓦地从梦中惊醒，出了一身冷汗。他听见有狗叫，又有狗爪急急扒门。打开房门，见到一身冰雪的宝儿，岳天一立刻明白浑沌出事了！

　　小狗领路，岳天一狂奔，一口气翻过后山。大嫚脸色苍白，在后面急急追赶；小豹子和伙伴们也来了，都替那位好伙计焦心呢！不久，又遇见老爷爷领着西庄人，漫山遍野搜寻浑沌。岳家滩、西庄两村民众汇合一起，跟着小狗蜂拥至迷魂谷。

迷魂谷白雾漫漫。人到雾收，恰似神人卷起纱幔。众人举目一望，大惊大悲。只见谷中棋盘平地，密匝匝布满黑石。浑沌跪在右下角，人早冻僵。他昂首向天，不失倔强傲气。一只猪头搁在山崖边，面貌凄然……

浑沌死了！他是冻死的。

有人将猪头捧给岳天一，分析说浑沌送猪头给他过年，才冻僵于此。岳天一紧抱猪头，被好友情义感至肺腑，放声号啕，悲怆欲绝。

大嫚知道内情，浑沌不仅是送猪头，还要和她开始一段新生活。希望破灭，痛心之极，她哭都哭不出来，冰雕似的立在浑沌身旁……

有人诧异：浑沌背后是百丈深谷，地势极险，他却为何跪死此地？众人做出种种推测，议论纷纷。

岳天一也觉得惶惑，止住泣涕，四处蹒跚寻思。

他在黑石间转绕几圈，又爬到高处，俯瞰谷地。看着看着，不觉失声惊叫：哦——

谷地平整四方如棋盘，黑石白雪间隔如棋子，恰成一局围棋！岳天一思忖许久，猜出浑沌冻死前搬石取暖，无意中摆出这局棋。真是棋痴！

再细观此局，但见构思奇特，招数精妙，出磅礴大气，显宇宙恢宏，实在是他生平未见的伟大作品。群山巍峨，环棋盘而立；长天苍苍，垂浓云而下；又有雄鹰盘旋山涧，长啸凄厉……

岳天一身心震动，肃穆久立。两个字从他口中徐徐吐出——天局！

众人登山围拢岳天一。见他异样神情皆不理解，纷纷问道：你在看什么？浑沌干了啥？

岳天一答道：下棋。

深山旷野，与谁下棋？

岳天一沉默不语。良久，沉甸甸地说道：天！

俗人浅见，喳喳追问：赢了还是输了？

岳天一细细数目。数至右下角，见到那个决定胜负的劫。浑沌长跪于地，充当一枚黑子，恰恰劫胜！

岳天一崇敬浑沌的精神，激情澎湃。他双手握拳冲天高举，喊得山野震荡，林木悚然——

胜天半子！

尾　声

光阴荏苒，岳天一人到中年，已成为中国的棋圣。

北京。中日围棋擂台赛鏖战急。亿万观众围在电视机前，热切地关注着最后的决战！

擂台赛进展精彩纷呈。先是中国青年棋手穆勇力斩日方五员大将，锋芒锐利。号称"妖刀"的本田一郎上阵，拿下穆勇，又连赢七局，势不可当。此时，日方尚有三员猛将，中方却只剩下主帅岳天一，兵临城下，岌岌可危。

岳天一以出色的大局观，完胜日本妖刀。又一鼓作气，连胜电子计算机宫本川，直逼日方主帅坂垣太郎旗下。

坂垣年已七十，这位老人有着许多传奇故事。他平日潇洒喝酒，每逢棋圣战就把酒戒了，共获五届日本棋圣桂冠，被称作"一年只下一盘棋的好汉"！坂垣棋圣热心于中日围棋交流，曾自费带一群日本小棋手来北京下棋。他对中国青年棋手悉心指导，岳天一也曾受到教诲，尊敬地称坂垣为老师。

现在，中日双方的棋圣对坐纹枰，进行擂台赛的最终决战！

坂垣棋圣实在高明，且棋风锐利赛过青年。他主动进攻岳天一，岳天一冥思苦想，顶住一波又一波攻势。连日激战，使岳天一身心透支，需要吸氧。领队早有准备，安排他进休息室。岳天一深深呼吸，眼前浮现出浑沌的身影……

他看见云雾缥缈的迷魂谷；看见黑石与白雪构成的天局；看见跪在棋盘右下角以身体做劫材的浑沌……大青山的日日夜夜在眼前一幕幕重现，浑沌仿佛融入他的血液中，瞬间复活！他摘下氧气面罩，再战坂垣。

岳天一赢了！他的棋有如神助，无比精湛。老棋圣大为惊讶，摇头叹息，最终投子告负。

夜，坂垣在客房套间练毛笔字。岳天一悄悄进来，向他辞行。老棋圣倒了两杯红酒，邀岳天一在沙发上坐下。

他提出心底的疑问：为什么你吸氧之后，下出的棋判若两人？氧气真有这么大的功效？

岳天一说：不仅是氧气，我想起了一个人，一个与天下棋的人！

坂垣吃惊地瞪圆眼睛：人与天下棋？请你把这个故事讲给我听——

于是，岳天一讲了很长很长的故事，浑沌在日本棋圣的心中也复活了。老人很激动，走到书桌前泼墨挥毫。

他写下四个大字：胜天半子！

岳天一告诉坂垣，他要回大青山故地重游，祭奠浑沌。坂垣棋圣神情凝重地说：我年纪大了，不能陪你同行。但请你带上这幅字，在浑沌墓前烧掉。你告诉他，一个日本棋士向他致敬！

岳天一离开坂垣先生的房间。他知道，老棋圣敬的是棋魂。

岳天一在宾馆花园仰望星空，对天上的浑沌说：好伙计，我们赢了！师父的话全部应验——棋圣落在我身上，天局藏在你心里！你开的花，我结了果，你我融为一体，永不分离！

天局（短篇小说）

西庄有个棋痴，人都称他"浑沌"。他对万事模糊，唯独精通围棋。他走路跌跌斜斜，据说是踩着棋格走，步步都是绝招。棋自然是精了，却没老婆——正值四十壮年。但他真正的苦处在于找不到对手，心中常笼罩一层孤独。他只好跟自己下棋。

南三十里有个官屯小村，住着一位小学教师，是从北京迁返回乡的。传说他是围棋国手，段位极高，犯了什么错误，才窝在这山沟旮旯里。浑沌访到这位高手，常常步行三十里至官屯弈棋。

浑沌五大三粗，脸庞漆黑，棋风刚勇无比，善用一招

"镇神头"，搏杀极凶狠。教师头回和他下棋，下到中盘，就吃惊地抬起头来："你的杀力真是罕见！"浑沌谦虚地点点头。但教师收官功夫甚是出色，慢慢地将空捡回来。两人惺惺惺惺惺惺，英雄识英雄，成为至交。教师常把些棋界事情讲给他听。讲到近代日本围棋崛起，远胜中国，浑沌就露出鲁莽性了："妈的，杀败日本！"

浑沌确是怪才。儿时，一位瘸子老塾师教会他围棋。"三年自然灾害"，先生饿死了。浑沌自生自长，跑野山，喝浑水，出息成一条铁汉。那棋，竟也浑然天成，生出一股巨大的蛮力，常在棋盘上搅起狂风骇浪，令对手咋舌。无论怎样坚实的堡垒，他强攻硬打，定将其摧毁。好像他伸出一双粗黑的大手，推着泰山在棋盘上行走。官屯教师常常感叹："这股力量从何而来？国家队若是……"仿佛想起什么，下半句话打住。

腊月三十，浑沌弄到了一只猪头。他便绕着猪头转圈，嘴里嘀咕："能过去年吗？能吃上猪头吗？落魄的人哪！"于是背起猪头，决意到官屯走一遭。

时值黄昏，漫天大雪。浑沌刚出门，一身黑棉衣裤就变了白。北风呼啸，仿佛有无数人劝阻他："浑沌，别走！这大的雪——"

"啊，不！"

千人万人拉不住他，他执拗而任性地投入原野。雪团团簇簇如浓烟翻滚。群山摇摇晃晃如醉汉不能守静。风雨夹裹逼得浑沌陀螺似的旋转，睁不开眼睛，满耳呼啸。天空中有隆隆声，神灵们驾车奔驰。冰河早被覆盖，隐入莽莽雪原不见踪迹。天地化作一片，无限广大，却又无限拥挤。到处潜伏着危险。

浑沌走入山岭，渐渐迷失了方向。天已断黑，他深一脚浅一脚，在雪地里跌跌撞撞。背上那猪头冻得铁硬，一下一下拱他脊背。他想："要糟！"手脚一软，跌坐在雪窝里。

迷糊一阵，浑沌骤醒。风雪已停，天上悬挂一弯寒冰，照得世界冷寂。借月光，浑沌发现自己身处一山坳，平整四方，如棋盘。平地一侧是刀切般的悬崖，周围黑黢黢大山环绕。浑沌晓得这地方，村人称作"迷魂谷"。陷入此谷极难脱身，更何况这样一个雪夜！浑沌心中惊慌，拔脚就走。然而身如着魔，转来转去总回到那棋盘。

夜已深。雪住天更寒。浑沌要冻作冰块，心里却还清醒："妈的，不能在这儿冻死！"四下巡视，发现山上皆黑石，块块巨大如牛。他索性不走，来回搬黑石取暖。本来天生蛮力，偌大的石块一叫劲，便擎至胸腹。他将黑石一块块置于平地。身子暖了，脑子却渐渐懵懂，入睡似的眼前模糊起来。

他似乎转过几个山角，隐约看见亮光。急赶几步，来到一座雅致的茅屋前。浑沌大喜："今日得救了！"莽莽撞撞举拳擂门。

屋里有人应道："是你来了。请！"

浑沌进屋，但见迎面摆着一张大床，蚊帐遮掩，看不出床上躺着何人。浑沌稀奇：什么毛病？冬天怕蚊咬？蚊帐里传出病恹恹的声音："你把桌子搬来，这就与你下棋。"

浑沌大喜：有了避风处，还捞着下棋，今晚好运气。又有几分疑惑：听口气那人认得我，却不知是谁。他把桌子搬到床前，不由得探头朝蚊帐里张望。然而蚊帐似云似锦，叫他看不透。

"浑沌，你不必张望，下棋吧！"

浑沌觉得羞惭，抓起一把黑子，支吾道："老师高手，饶我执黑先行。"

蚊帐中人并不谦让，默默等他行棋。浑沌思忖良久，在右下角置一黑子。蚊帐动动，伸出一只洁白的手臂。浑沌觉眼前一亮！那白臂如蛇游靠近棋盒，二指夹起一枚白子擎至空中，叭一声脆响，落子棋盘中央。浑沌大惊：这全不是常规下法！哪有第一招占天元位置的？他伸长脖颈，想看看蚊帐里究竟是什么人。

"你不必张望，你见不到我。"

声音绵绵软软如病中吟，比女子更细弱；但又带着仙气，仿佛从高远处传来，隐隐约约却字字清晰。这声音叫浑沌深感神秘，暗叹今夜有了奇遇。浑沌抖擞精神，准备一场好战！

棋行十六招，厮杀开始。白棋飞压黑右下角，浑沌毅然冲断。他自恃棋力雄健，有仗可打从不放手。白棋黑棋各成两截，四条龙盘卷翻腾沿边向左奔突。浑沌素以快棋著称，对方更是落子如飞。官屯教师常说浑沌棋粗，蚊帐中人却快而缜密。浑沌惊愕之心有增无减，更使足十二分蛮力。白棋巧妙地逼他做活，他却又把一条白龙截断。现在谁也没有退路了，不吃对方的大龙必死无疑。

围棋，只黑白二子，却最体现生存竞争的本质。它又不像象棋，无帅卒之分，仿佛代表天地阴阳，赤裸裸就是矛盾。一旦自己的生存受到威胁，谁不豁出老命奋起抗争呢？此刻，右下角燃起的战火越烧越旺，厮杀极惨烈。浑沌不顾一切地揪住一条白棋，又镇又压，穷追猛打。白棋却化作涓涓细流，悄悄地在黑缝中流淌，往黑棋的左上角渗透。假若不逮住这条白龙，黑棋将全军覆灭。浑沌额上沁出一层汗珠，心中狂呼："来吧！拼吧！"义无反顾地奔向命运的决战场——左上角。

第九十八手，白棋下出妙手！蚊帐中人利用角部做了一个劫，即使浑沌劫胜了，也必须连走三手才能吃尽白棋。浑沌傻眼了。这岂止是妙手？简直是鬼手！但是，浑沌没有回旋余地，只得一手一手把白棋提尽。蚊帐中人则利用这劫，吃去黑右下角，又封住一条黑龙。

现在，轮到浑沌逃龙了。可是举目一望，周围白花花一片，犹如漫天大雪铺天盖地压来。浑沌手捏一枚黑子，泥塑般呆立。一子重千钧啊！他取胜一役，但又将败于此役。只有逃出这条龙，才能使白棋无法挽回刚才的损失。然而前途渺茫，出路何在？

正为难时，一阵阴风扑开门，瘸瘸拐拐进来个老先生。浑沌闻声回头，见是那死去多年的私塾先生。既已死，怎的又在这荒山僻野露脸？太蹊跷！紧急中浑沌顾不得许多，连呼："老师，老师，帮我一把！"

私塾先生瘸至桌前，捻着山羊胡子俯身观棋。阴气沉重，压得灯火矮小如豆。那白臂翘起食指，对准罩子灯一点，火苗倏地跳起，大放光明。老先生一惊，身子翻仰，模样十分狼狈。

"哼哼。"帐内冷笑。

浑沌心中愤愤：这局棋，定要赢！一股热血冲向脑门，阳刚之气逼得黑发霍霍竖起。

瘸子先生似乎知道对手不是常人，一招手，门外进来他的同伴。先入二人羽扇纶巾，气宇轩昂，正是清代围棋集大成者：飘飘然大师范西屏，妙手盖天施襄夏。他们在当湖对弈十局，成为围棋经典；施襄夏因心力耗尽，终局时呕血而死。再进来一位，明代国手过百龄，他著的《官子谱》至今流传。宋代的围棋宗师刘仲甫和扶着龙头拐的骊山老母蹒跚而入。一千年前他们在骊山脚下大战，只三十六招，胜负便知。直至春秋时代的弈秋进屋，围棋史上英豪们便来齐了。

浑沌端坐桌前。他再不猜测这些人如何来到人间，只把目光集中在那只手上。洁白如玉的手，如此超然，如此绝对，一圈神圣的光环围绕着它。它仿佛一直是人、鬼、神的主宰，一直是天地万物的主宰。它是不可抗拒的，不可超越的。浑沌明白，他是在与无法战胜的对手交战。他想赢，一定要赢！

大师们皆不言语，神情庄严肃穆。浑沌的穴位被一人一指按住，或风池或太阳，或大椎或命门。霎时间灵气盈盈，人类智慧集于浑沌一身。他觉得脑子清明，心中生出许多棋路，更有一种力量十倍百倍地在体内澎湃。他拿起黑子，毅然投下，然后昂起头，目光灼灼，望着蚊帐里不可知的对手。

中原突围开始。浑沌在白棋大模样里辗转回旋，或刺或飞，或尖或跳，招数高妙绝非昔日水平，连他自己也惊讶不已。然而蚊帐中人水涨船高，棋艺比刚才更胜几筹。那白棋好似行云流水，潇洒自如，步步精深，招招凶狠，逼得黑棋没有喘息的机会。黑棋仿佛困在笼中的猛兽，暴跳如雷，狂撕乱咬，却咬不开白棋密密匝匝的包围圈。浑沌双目瞪圆，急汗如豆。棋盘上黑棋败色渐浓。

忽然，浑沌脑中火花一闪，施出一招千古奇绝的手筋。白棋招架之际露出一道缝隙，黑棋敏捷地逮住时机，硬挤出白色的包围圈。现在，右边广阔的处女地向他招手。只要安全到达右边，黑色的大龙就能成活。但是，白棋岂肯放松？旁敲侧击，步步紧逼，设下重重障碍。黑棋艰难地向右边爬行。追击中，白棋截杀黑龙一条尾巴。这一损失叫浑沌心头剧痛，好像被人截去一只左脚。他咬着牙，继续向处女地进军。白棋跳跶闪烁，好似舞蹈着的精灵，任意欺凌负伤的黑龙。黑龙流着血，默默地呻吟着，以惊人的意志爬向目的地。只要有一线生存的希望，无论忍受多少牺牲，浑沌都顽强地抓牢不放！棋盘上弥漫着沉闷的气氛。人生的不幸，似乎凝聚在这条龙身上。命运常常这样冷酷地考验人的负荷能力。

终于，浑沌到达了彼岸。他马上反过身，冲击白棋的薄弱处。蚊帐中人翘起食指，指尖闪耀五彩光辉。这是一种神秘的警告。浑沌定定地望着那手指，朦胧地感到许多自己从不知晓的东西。白子叭地落在下边，威胁着刚刚逃脱厄运的黑龙。他必须止步。他必须放弃进攻，就地做活。但是，这样活多么难受啊！那是令人窒息的压迫，你要活，就必须像狗一样。浑沌抬起头，那食指依然直竖，依然闪耀着五彩光辉。浑沌把头昂得高高，夹起一枚黑子，狠狠地打入白阵！

这是钢铁楔子，刚刚追击黑龙的白棋，被钉在将遭歼灭的耻辱柱上。下边的白棋又跳一手，夺去黑龙的眼位，使它失去最后的生存希望。于是，好像两位立在悬崖边上的武士，各自抽出寒光闪闪的宝剑，开始一场你死我活的决斗。

这是多么壮烈的决斗啊！围棋在此显示出慷慨悲歌的

阳刚之美：它不是温文尔雅的游戏，它是一场血肉横飞的大搏杀！看，浑沌使出天生蛮力，杀得白棋惨不忍睹；蚊帐中人猛攻黑龙，一口接一口地紧气，雪白的手臂竟如此阴冷，刽子手一样扼住对手的喉咙。浑沌走每一步棋，都仿佛在叫喊："我受够了！我今天才像一条汉子！"白棋却简短而瘆人地回答："你必死！"黑棋的攻势排山倒海，招招带着冲天的怒气。一个复仇的英雄才会具备那样的力量，这力量如此灼热，犹如刚刚喷出火山口的岩浆，浩浩荡荡，毁灭万物。白棋置自己的阵地不顾，专心致志地扼杀黑龙。两位武士都不防卫，听任对方猛砍自己的躯体，同时更加凶恶地刺向对方的要害。

屋外响起一声琵琶，清亮悠扬。琵琶先缓后急，奏的是千古名曲《十面埋伏》。又有无数琵琶应和，嘈嘈切切，声环茅屋。小小棋盘升起一股血气，先在屋内盘桓，积蓄势大，冲破茅屋，红殷殷直冲霄汉。天空忽然炸响焦雷，继而群雷滚滚而下。琵琶声脆音亮，激越如潮，仿佛尖利的锥子，刺透闷雷，挺头而出。两者互压互盖，反复交错，伴那一柱血光，渲染得天地轰轰烈烈。

蚊帐中人吃了浑沌的黑龙，浑沌霸占了先前白阵。沧海桑田，一场大转换。细棋势均，胜负全在官子上。浑沌回头看看，列位先师耗尽真力，已是疲惫不堪。浑沌方知这场大战非自己一人所为。人、鬼、神结为一阵，齐斗那高深莫测一只手。

官子争夺亦是紧张。俗语道："官子见棋力。"那星星点点的小地方，都是寸土必争；精细微妙，全在其中。《官子谱》《玄玄棋经》连珠妙招尽数用上，妙中见巧，巧中见奇。小小棋盘，竟是大千世界。

棋圣们一面绞尽脑汁，一面审度形势。范西屏丢了羽扇，先失飘然神韵；刘仲甫扯去纶巾，不见大家风采。瘸子先生挨不到桌边，急得鼠窜，却被诸多大腿一绊一跌，显出饿死鬼的猴急。骊山老母最擅计算，已知结局，扁着没牙嘴巴喃喃道："胜负半子，全在右下角那一劫上……"心里急，手上一运仙力，竟把龙头拐杖折断。

果然，官子收尽，开始了右下角的劫争。围棋创造者立下打劫规则，真正奇特之极：出现双方互相提子的局面，被提一方必须先在别处走一手棋，逼对方应了，方可提还一子。如此循环，就叫打劫。打劫胜负，全在双方掌握的劫材上。浑沌的大龙死而不僵，此时成了好劫材，逼得蚊帐中人一手接一手应，直到提尽为止。黑阵内的白棋残子也大肆骚乱，扰得浑沌终不得粘劫。两个人你提过去，我提回来，为此一直争得头破血流。

鸡将啼，天空东方一颗大星雪亮。浑沌劫材已尽，蚊帐中人恰恰多他一个。大师们一起伸长脖颈，恨不得变作棋子跳入棋盘。然而望眼欲穿，终于不能替浑沌找出一个劫材。一局好棋，眼看输在这个劫上。满桌长吁短叹，皆为半子之负嗟惜。浑沌呆若木鸡，一掬热泪滚滚而下。

列位棋祖转向浑沌，目光沉沉。浑沌黑袄黑裤，宛如一颗黑棋子。祖师们伸手指定浑沌，神情庄严地道："你去！你做劫材！"

浑沌巍巍站起。霎时屋内外寂静，空气凝结。浑沌一腔慷慨，壮气浩然。推金山，倒玉柱，浑沌长跪于地。

"罢，浑沌舍啦！"

蚊帐中人幽幽叹息："唉……"一只白臂徐徐缩回，再不复出。

浑沌背猪头出西庄，几日不回。西庄人记得除夕雪大，不禁惴惴。知底细者都道浑沌去了官屯，便打发些腿快青年去寻。官屯小学教师见西庄来人，诧异道："我没有见到浑沌，他哪来过我这里？"

众人大惊，漫山遍野搜寻浑沌。教师失棋友心焦急，不顾肺病，严寒里东奔西颠。半日不见浑沌踪迹，便有民兵报告公安局。

有一老者指点道："何不去迷魂谷找找？那地方多事。"于是西庄、官屯两村民众，蜂拥至迷魂谷。

迷魂谷白雾漫漫。人到雾收，恰似神人卷起纱幔。众人举目一望，大惊大悲。只见谷中棋盘平地，密匝匝布满黑石。浑沌跪在右下角，人早冻僵；昂首向天，不失倔强傲气。一只猪头搁在树下，面貌凄然。

浑沌死了。有西庄人将猪头捧来，告诉教师：只因浑沌送猪头给他过年，才冻僵于此。教师紧抱猪头，被棋友情义感至肺腑，放声号啕，悲怆欲绝。

有人诧异：浑沌背后是百丈深谷，地势极险，他却为何跪死此地？众人做出种种推测，议论纷纷。教师亦觉惶惑，止住泣涕，四处蹒跚寻思。

他在黑石间转绕几圈，又爬到高处，俯瞰谷地。看着看着，不觉失声惊叫："咦——"

谷地平整四方如棋盘，黑石白雪间隔如棋子，恰成一局围棋。教师思忖许久，方猜出浑沌冻死前搬石取暖，无意中摆出这局棋。真是棋痴！再细观此局，但见构思奇特，招数精妙，出磅礴大气，显宇宙恢宏，实在是他生平未见的伟大作品。群山巍峨，环棋盘而立；长天苍苍，垂浓云而下；又有雄鹰盘旋山涧，长啸凄厉……

官屯教师身心震动，肃穆久立。

众人登山围拢教师，见他异样神情皆不解，纷纷问道："你看什么？浑沌干啥？"

教师答："下棋。"

"深山旷野，与谁下棋？"

教师沉默不语。良久，沉甸甸道出一字："天！"

俗人浅见，喳喳追问："赢了还是输了？"

教师细细数目。数至右下角，见到那个决定胜负的劫。浑沌长跪于地，充当一枚黑子，恰恰劫胜！教师崇敬浑沌精神，激情澎湃。他双手握拳冲天高举，喊得山野震荡，林木悚然——

"胜天半子！"

图书在版编目（CIP）数据

天局：长篇全本 / 矫健著 .—北京：作家出版社，2021.6（2022.9重印）

ISBN 978-7-5212-0300-4

Ⅰ.①天…　Ⅱ.①矫…　Ⅲ.①长篇小说－中国－当代
Ⅳ.① I247.5

中国版本图书馆 CIP 数据核字（2018）第 286789 号

天局：长篇全本

作　　者：矫　健	
责任编辑：省登宇　周李立	
装帧设计：仙境设计	
出版发行：作家出版社有限公司	
社　　址：北京农展馆南里 10 号	邮　　编：100125
电话传真：86-10-65067186（发行中心及邮购部）	
86-10-65004079（总编室）	

E-mail:zuojia @ zuojia.net.cn
http://www.zuojiachubanshe.com

印　　刷：北京盛通印刷股份有限公司	
成品尺寸：142×210	
字　　数：140 千	
印　　张：7	
印　　数：35001-40000	
版　　次：2021 年 6 月第 1 版	
印　　次：2022 年 9 月第 4 次印刷	

ISBN　978-7-5212-0300-4

定　　价：48.00 元（精）